Twilight Rose Abbey

暮光玫瑰修道院

罗的好 天寒 著

中央廣播電視大學出版社

·北京·

历史学家的脚步
吉普赛人的瞳孔
特兰西瓦尼亚
瓦拉几亚
罗马尼亚
Romania
吸血鬼之墓
保加利亚
Bulgaria
遇见
蓝色多瑙河
玫瑰祭典
黑海
Black Sea
上帝的后花园
里拉
暮光逝去与新月升起
马尔马拉海
sea of marmara

目录

LEUCEMIILE

第一篇 特兰西瓦尼亚寻爱之路——罗马尼亚

清澈却干涸的河床上，架着一座结实的铁桥，通向城区。铁桥本该是古城的起点，但它的两侧却见不到中世纪的痕迹。河岸边有簇新的洋房、柏油铺织成的车道、被灰线条描边的素色东正教教堂，旁边还有几个年轻人潇洒地倚着教堂前的铁椅，低声谈笑。一位陌生旅人匆匆穿越过巷道。这儿外地人少，猫儿却多，它们眯着眼瞥他，仿佛是不满陌生人的惊扰。当他走近这群“土著猫”时，猫儿竟不慌不忙地站起来，不以为然地先后跃过篱墙走开了。

旅人抵达城市不过一刻钟的工夫。从古典学院造型的火车站出来后，他朝着西南方迈进。沿着树阴前行，他的周围全是素颜的新市镇，这里的房舍极凌乱地勉强串接在街道两旁，尘封在沉闷空气中，仿佛午睡般恬静。

他背着两个背包攀上铁桥，深吸口气调整喘息。顺着铁桥的路灯看向彼岸，旅人的疲惫仿佛在风中消散，取而代之的，是夹杂着兴奋和恐惧的狂喜。

河彼岸有一整片连绵的丘陵，几幢尖塔不甘被埋没，探出树丛，著名的红色屋瓦层层叠叠，在夕阳的余晖下旖旎蔓延。唯美的古堡点缀着城市，与教堂、塔楼、树林、城墙相映成趣。他绮想着，中世纪的场景竟在眼前生动起来：恍惚间铁桥彼端的吉普赛人正身披色彩斑驳的花布缓缓走来。

坐落在丘陵上的是一座古老的城堡。旅人是慕名而来的，他知道许多古堡轶事，那些真真假假的故事浪漫、诡异，令人胆颤心惊。

那年春天的风异常寂寥，将他从遥远的东方唤来，赴一场约，一睹夕阳下传说幻化的瞬间。

这里是隽永的特兰西瓦尼亚（Transylvania），位于喀尔巴阡山（Carpathian

Mountains）的乡野奇谭中。

古堡的名字是锡吉什瓦拉（Sighişoara）。

传说中，这里是吸血鬼德古拉伯爵（Dracula）的故乡。

第一章　历史学家的脚步

空气中有种下雨的味道，岩石峭壁耸立在我们身侧，厚厚的云层在高处翻滚，我们已来到特兰西瓦尼亚的交界处。

约翰·马克斯（John Marks）《森牙的国度》

最近几个月，我总不经意地想起以前历史学家的旅行经历，那些关于吸血鬼、吉普赛女郎、喀尔巴阡山、古老的修道院、巍峨的古堡和钟塔、栽满玫瑰的美丽国度的故事，魔幻得好像不属于这个世界的范畴。记得第一次听闻这些异国故事时，历史学家正色告诉我，那些旅行见闻，都不是虚构的。

“终有一天，你会去特兰西瓦尼亚，因为你想拜访传说，而且你也相信传说。”历史学家说。说实在的，当时的我并没有把他的话放在心上，也不相信他的话。

根据历史学家的描述，东欧有别于西欧的华丽印象，乃是个少有旅人涉足的秘境，尤其是巴尔干半岛（Balkan）。那些早已消逝的中世纪欧洲的过往，在现今的罗马尼亚、保加利亚依然是密封着的、活生生的。

特兰西瓦尼亚，这名字曾如此令我心醉。那年几部吸血鬼电影被炒作得沸沸扬扬，看过愈多，我愈是憧憬那个神秘的禁域，那个据说连当地人都避之不谈的地方。在我的幻想中，始终无法构筑特兰西瓦尼亚的真正模样，历史学家说，他也曾困惑过，旅行就是为了去描摹那个画面，因为有一个念头，始终躲在那个地方。

曾有几年，我没再记挂特兰西瓦尼亚，寄情工作、旅行和写作，在那段时间里我写了两本旅游书。然而，经过这么多年，故事埋下的种子终是冒出了芽。

回过头来，当我意识到自己正走进一个神秘的世界时，竟然已经买了前往特兰西瓦尼亚的机票。拖着行李坐在机场候机楼里，已经是晚上九点多了，我站在硕大的落地窗前，仰望着蔽空的乌云，再度回忆起历史学家所说的德古拉。

还有那位幻游的旅人。

历史学家的故事

那一年，历史学家刚从特兰西瓦尼亚回来，和我分享这个故事。他说旅行也是讲求缘分的，某些人会和某些国家特别投缘，就像有的人立志要去西藏或印度感受远方的呼唤，人生才有目标一样，他对特兰西瓦尼亚情有独钟。

“历史学家只是我的绰号。”他说，“你也旅行过，应该知道吧？最真实地触摸历史，是要透过深刻的旅行才能感受到的，这点我很有经验。其实特兰西瓦尼亚也不是我第一次的冒险，然而我在吸血鬼故乡所见识到的……”他顿了顿说：“却是最贴近传说的一次，特别令我感动！”

这是历史学家述说的旅行经历，凭借我的记忆和印象，在多年后的某天，直到我也从特兰西瓦尼亚回来之后，才一同被记录下来。

早在好几年前，我就着手整理特兰西瓦尼亚的资料，计划在盛传吸血鬼的罗马尼亚和保加利亚旅行。相对于历久不歇的传说，故事的背景国度依然陌生而神秘。

那时，我恰逢人生的阶段性转变，刚结束一份工作，以及一段恍如冬日阵雨般的恋情。我偶尔整理即将出版的文稿，浑浑噩噩的，也没有很认真地思考下一步的方向，忽然间生命多了一段无法填补的空白地带。

旅行就常发生在这种人生片段里，距离上一次旅行已有两年之久，再度背起背包的念头始终在脑海里闪现。我整理好行李，没怎么计划就搭上了飞机。

十二个小时，我从中国台北抵达“音乐之都”奥地利首都维也纳转机，旅行路线的最后一段是搭乘小飞机飞往罗马尼亚。小飞机在气流中晃动不止，我向外看，地平线上的匈牙利平原像一块拼布地毯，在阳光下尽情地展示着色彩的美丽。地毯上的绉褶是喀尔巴阡山，这说明我们即将进入特兰西瓦尼亚的领空。

这时异象来得毫无预警，先是阳光遮蔽，像墨水混入清水池里一般，瞬间倾泄出混浊的黑涂染在天际，一切都倒映在机翼旁强化玻璃的表层，也烙印在视网膜上。我再次向下面看，浸濡的湿气匍匐在地毯上晕开。

“特兰西瓦尼亚究竟是怎样的地方？”我喃喃自语，透过冰冷的玻璃看这片覆盖了整个国度的深沉灰黑。

紧接着，安全信号灯亮起来，飞机也微微地颤栗。

历史学家说，他从未见过如此压迫的乌云，在这么近的距离下，眼前有几滴雨伴随气流在风里狂乱地起舞，消逝在高空中。

森牙的国度

飞机抵达特兰西瓦尼亚后，尽管旅途疲惫，历史学家却亢奋得立即搭车直驱锡吉什瓦拉。过去学者言之凿凿地说，特兰西瓦尼亚是德古拉的故乡，探访吸血鬼的旅程，总是从这个偏远小镇开始的。

历史学家快步走过铁桥，从河堤的柏油路转入古城特有的石砖道，他的指向标很明确，这一带走到哪儿都能看见大钟塔。大钟塔的塔身包夹在鳞次栉比的红色屋顶中，绕着钟塔，道路延展成古城的巷弄。石砖路面崎岖不平，他不是在上坡，就是在下坡，直至来到广场。

此刻的天空被晚霞渲染得光彩耀目，历史学家走进古城塔楼，回忆多年前休·杰克曼主演的那部著名电影《范海辛》。电影里的范海辛被教廷千里迢迢地派到一座无时无刻不弥漫着诡异的靛蓝色调的特兰西瓦尼亚村庄，而他如今却和范海辛一样站在特兰西瓦尼亚的村庄里。“这就是特兰西瓦尼亚吗？”历史学家抬头仰望晴空，心情也是靛蓝色的，那是一种名为失落的情绪。

根据先前搜集来的资料，罗马尼亚位于巴尔干半岛的东侧，喀尔巴阡山凌乱地爬过它，画出了一道弧。这个国家的领土曾经被细分为西北的特兰西瓦尼亚、南方瓦拉几亚（Wallachia），以及东北摩尔达维亚（Moldavia）[①] 三个部分。

---

① 现摩尔多瓦。

所谓的特兰西瓦尼亚，是指被喀尔巴阡山封锁的辽阔地区，几个世纪以来，这片区域流传着欧洲最恐怖的传说，涵盖了几乎所有关于吸血鬼、狼人、吉普赛女巫和她们的魔法水晶球的传闻。

特兰西瓦尼亚，德语名称是锡本布尔根（Siebenbürgen），是七道关、七道要塞的意思。从12世纪开始，为了抵御横行于巴尔干地区的土耳其人，来自德国南部的撒克逊人沿喀尔巴阡山建造了一座又一座城堡，后来被统称为特兰西瓦尼亚。包括布拉索夫（Brasov）、锡比乌（Sibiu），以及锡吉什瓦拉在内的七座堡垒展现了撒克逊人精湛的建筑工艺，原本是不含魔幻成分的。

锡吉什瓦拉位于特兰西瓦尼亚中部，它有过许多名字，拜占庭时被唤做西什堡，撒克逊人称它胥斯堡、历史学家甚至还听说它有个昵称是“来世之城”，这是不是意味着那座颤巍巍的大钟塔数百年来忠实地记录着时间，从沧海数向桑田呢?

他从钟塔下走过，路口有间显眼的餐厅。餐厅的鹅黄色外墙上悬挂着一块狰狞的龙形金属招牌，旁边的地面上架着吸血鬼的人型纸板，用夸张的神态为这里做宣传。

旅行书上说这里是德古拉的旧家，外地人路过，出于礼貌应该去觐见吸血鬼大人。

餐厅外侧是一条略宽的小巷，巷里几道拱形装饰搭在两侧建筑物顶端，石砖铺成的道路缓慢地向上倾斜。历史学家看见吸血鬼餐厅旁离地一人高的地方有一块石牌，牌面洁净，显然是近几年新添的说明。历史学家逐字读去，上面的文字是：

“特兰西瓦尼亚伯爵，弗拉德·德古拉，1431—1435年居住于此。”

历史学家抚摸着冰冷的铜牌，标注旅程的起点。

“你也是来看罗马尼亚精神领袖的吗？”他背后有个声音对他说。

历史学家讶异地回头，看见后面是一对年轻的男女，男的体型魁梧，拱起的臂膀几乎有历史学家两倍粗壮，腮上蓄满杂乱的短胡须，但男人并非那种会吓唬人的壮汉，方正的脸孔很是憨厚；相形之下女人个子娇小，披散着的蓬松金发衬托了她五官的柔美，炯炯有神的双目散发着慑人的专注。

说话的正是那个女人，她露着一抹略带顽皮的微笑。

“希望我们的德古拉不会让你做噩梦。”她说。

壮硕的男人伸手和历史学家握手致意，历史学家感觉像是被巨人的手掌握住，他转头继续问女人：“你们也是来看德古拉的旅客吗？”

“不是喔！我们住在布加勒斯特（București，罗马尼亚首都），都是土生土长的罗马尼亚人，最近来到特兰西瓦尼亚度假。”女人甜甜地一笑，“蜜月旅行。”她停顿了几秒，用非常亲切的语气介绍说：“我的名字是Roxy，这是我先生Nicko。”她指了指那个男人。

男人的嘴角上扬，爽朗地说：“欢迎来到罗马尼亚。”

接着历史学家介绍自己来自中国台湾，Roxy说她知道台湾，却不是非常了解，她只知道台湾的计算机和捷安特自行车很有名。毕竟两地相隔遥远，就好像在这趟旅行前，历史学家对罗马尼亚的特兰西瓦尼亚地区也没多少概念一样。

他们站在餐厅门外，一同仰望迷人的龙形图腾招牌。德古拉的父亲——弗拉德·塔古勒（Vlad Dracul）是神圣罗马帝国册封的龙骑士团团员，传说中龙骑士是效忠神圣罗马帝国国王、阻挡邪恶势力入侵的英雄。

Roxy说，塔古勒的英文Dracul 就是从Dragon这个词演化而来的，而德古拉就是“龙之子”的意思（在东方，龙代表吉祥；在西方，龙通常是邪恶、残忍、屠戮的象征）。对西方人而言，作乱的恶龙是残暴和血腥的，历史学家想起《哈利·波特》书中的某些情节，查理就是在罗马尼亚研究龙的。许多人都相信罗马尼亚和龙有很深的渊源。

他们边聊边推开德古拉家的门。此时是旅游淡季，一楼的酒吧吧台空荡荡的，二楼餐厅也只有一桌客人，德古拉的画像仿佛正在墙上狞笑着，十分冷清。他们三人找了靠窗边的座位落座，倚靠软垫望风景，很久后才有服务生过来招呼。

服务生先送上了水，然后递来菜单，历史学家随便指了一道有肉排的菜肴。

在服务生转身那一瞬间，历史学家抬起头正要和Roxy说话，却刚好看见墙上的德古拉肖像。他当下想，原来德古拉生得这副模样，蓄着两撇八字胡，若今天是在路边摊上遇见这位画中人，他应该会觉得滑稽可笑，但在几盏泛黄的灯光刻意衬托下，画像却晕出一种极致的光怪陆离的味道。

吸血鬼德古拉，出自布莱姆·斯托克于1897年出版的小说，故事描写了英国律师哈克来到特兰西瓦尼亚发现德古拉伯爵竟是一个活了五百多年的吸血鬼。自此，吸血鬼一词名声大噪，诞生了无数个以此为题材的令人战栗的恐怖故事，也为《范海辛》《暮光之城》《刀锋战士》《夜访吸血鬼》等恐怖影视作品提供了素材。吸血鬼故事每年都会推陈出新，传统的吸血鬼角色是恐怖片的魔头，而在现在的影视作品里，吸血鬼也可以是英雄豪杰，《暮光之城》中的爱德华就是最好的例子。

但特兰西瓦尼亚始终是吸血鬼发源地，德古拉的雏形正是瓦拉几亚大公：弗拉德·则别斯·德古拉（Vlad Tepes Dracula）。15世纪，土耳其的势力从中东延伸到东欧，拜占庭帝国（西罗马帝国）岌岌可危，此时的德古拉在巴尔干半岛力抗土耳其人，重创土耳其军队。

历史上，德古拉至少在数十年间保证了特兰西瓦尼亚地区不致被伊斯兰国家入侵，守护了西罗马帝国的骄傲，更成为了拜占庭帝国灭亡后国家统一的最大希望，实在该是个民族英雄。但是他血腥、残忍的杀戮手段，却令人胆寒。

根据后续考证，吸血鬼餐厅本身并不是15世纪时的建筑，但“吸血鬼经济”为罗马尼亚带来了商机。很现实的，管他是英雄还是恶魔，当罗马尼亚人发现观光客会为“德古拉”蜂拥而至时，情况就变了。

历史学家看见窗外满城的路灯，忍不住问Roxy：“现在好像没什么观光客，他们还是这样开整夜的灯吗？”

Roxy看一眼窗外，轻描淡写地说，为观光客和德古拉服务，早已经是这个城市生活的一部分了。

谈话间，历史学家渐渐注意到，Nicko虽然强壮过人，但“对外发言权”似乎全部掌握在妻子Roxy手里，甚至当Nicko把玩相机，Roxy的表情都很像是轻斥小孩顽皮的母亲。顾及历史学家在场，Roxy和Nicko的交谈也改用英语，他很讶异，因为许多罗马尼亚人的英语发音都很含糊，而这两人却显然非常“伶牙俐齿”。

“你们的英文说得非常好。”历史学家由衷地赞美他们，又补上一句：“嗯……比多数罗马尼亚人好得多。”

Roxy开心地笑了，她回答说：“谢谢，我们是外交官，常需要和各国人士交谈。我去年派驻北欧，明年可能得去亚洲或加勒比海长驻。”Roxy告诉历史学家，如果在罗马尼亚有什么旅行计划，可以说出来，夫妻俩会尽力提供点儿建议的。但没等历史学家提问，Roxy倒是先忍不住好奇地开口询问：

“你为什么来特兰西瓦尼亚？”

为什么来特兰西瓦尼亚？历史学家一时不知道怎么解释。Roxy说，罗马尼亚人绝对不明白我的旅行探访，就像他们两个人生于罗马尼亚，这辈子却从没想过要来特兰西瓦尼亚，一次都没有。并非特兰西瓦尼亚不值得一游，而是他们压根儿没想过要去探寻自己的家乡。

Roxy去过无数次伦敦、巴黎，却在蜜月时第一次来锡吉什瓦拉，她看着历史学家，期盼他以一个外乡人或是一个旅人的立场，给一个答案。

“为了亲眼见证特兰西瓦尼亚的传说。”历史学家说。他当时是这样回答Roxy的。

Roxy侧着头想了想，似乎想再多说些什么，这一刻服务生端来了他们的晚餐，盘里有两块肉排、干硬的酸菜，以及一坨干涩得难以下咽的萝卜泥。Nicko另外开了一瓶红酒倒入三人的杯子，酒水如鲜血一般晶莹淡红。

历史学家低下头。当然，来特兰西瓦尼亚的另外一个理由他打死也说不出口，那就不需要和Roxy多加解释了；但他仍然期待这次旅行，就像这一晚，他过去做梦也想不到会在德古拉的家里舔食乏味的萝卜泥。历史学家暗想着，德古拉家里的晚宴滋味和名气完全无法匹配啊！

来世之城

离开德古拉的家，历史学家和Roxy、Nicko慵懒地在锡吉什瓦拉的石砖路散步，借由步道的震荡消化肉排。

锡吉什瓦拉夜景的美，在漆黑荒野中肯定如同星辰般闪耀。广场上、古城里每栋建筑的墙角都被架上灯筒，由下而上，把外墙照出一片雪亮，衬托得天空是极致深邃的黑。城镇最东侧的城墙边缘有几座古老的教堂、碉堡、民宅，洁白的墙被映上树丫的黑影，月亮则悬吊在树影之上，这种明暗的对比自然而然地凝聚了一股鬼屋独有的气氛。

离钟塔不远的城墙旁是间旅馆，就在德古拉雕像附近，后面是能俯瞰整座新城的绝佳地点——瞭望塔。俯瞰新城中缥缈的灯火，除了铁桥对面那座东正教教堂外，整座城郭只剩下零星的光点聚落。Nicko没放过把玩单反相机的机会，他把镜头对准教堂就开始曝光。

Roxy很快点起香烟，历史学家也倚着墙欣赏着美得略嫌寂寞的夜。

旅馆的地下室似乎有家夜总会，里面传来隐隐闷在地底的音乐和喧哗声，却是深夜里最清晰的声源。锡吉什瓦拉原本不是这般安静的，Roxy对历史学家说，很可惜，圣乔治节刚过，前阵子还有些庆祝活动。听说罗马尼亚和保加利亚都是崇敬圣乔治的国家，每年的4月23日以玫瑰和书本欢庆圣乔治节和大文豪莎士比亚的生日。

但吉普赛人的圣乔治节却在5月6日。当地的迷信说法是，这一天是邪恶势力最嚣张的时刻，午夜时分，魔鬼会倾巢而出。历史学家猛然想起，许多吸血鬼传说的背景也都在春末夏初——也许这不是巧合，巴尔干半岛的历史事件也常发生在这几天。

他们一直沉默地看着古城，直到Nicko心满意足地收起单反相机，Roxy捻熄不知道第几根无言的烟蒂时，才一同踱步回到钟塔。

历史学家随着Nicko和Roxy走进夫妻俩住宿的旅店，一栋以蓝色为主色、缀有波希米亚风格的别墅。Nicko似乎早就渴望和历史学家对饮了，为他点了瓶啤酒，Roxy想了一想，却只点了进口矿泉水喝。

古城夜风如此舒适，他们坐在户外的阳伞下喝饮料，Nicko甚至从房间里把笔记本电脑搬出来。Nicko打开计算机，开始传输他单反相机里的照片存档，原来夫妻两人刚从布拉索夫过来，照片里面都是古堡的画面。

Roxy边看着照片，边问历史学家之后打算怎么去布拉索夫。

历史学家回答，旅行才刚开始，目前还没什么计划，但应该会从锡吉什瓦拉搭火车或巴士去布拉索夫吧。

“搭车？”Roxy讶异地问：“你要搭车？你没有打算开车吗？”历史学家愣了一下，只得摇摇头，说他没有在罗马尼亚开车的计划。Roxy转向Nicko说：“你相信吗？他真疯狂！居然不开车就想在罗马尼亚旅行！”腼腆的Nicko只是点点头，却流露出钦佩的眼神。这些罗马尼亚人的反应，让历史学家觉得自己好像做了什么不可思议的事。搭车旅行对背包客来说是理所当然的，在罗马尼亚却被视为异类了。

后来，历史学家才认识到罗马尼亚最被人诟病的交通。罗马尼亚至今仍没有普及交通基本建设，尤其是跨越喀尔巴阡山两侧的三块区域的交通，要不窒碍难行，要不得搭上整天的火车绕行，就连锡吉什瓦拉到锡比乌，短短数十千米的路程却没铺设铁路，即便有巴士往返，一天也不过四班，车次稀少得奇特且荒诞。

历史学家认为，或许正是因为“相距甚远”，才放纵了吸血鬼的谣言在特兰西瓦尼亚地区流传。传说的开始，往往起源于简单的信息不对称以及人心对神秘力量的渴望。

既然历史学家对下一步没什么规划，Nicko便对他说，他们夫妻俩明天早上会先去锡比乌，之后直接翻越喀尔巴阡山，然后再花一天的时间返回首都的家，因为Roxy大后天和牙医还有约。

Nicko顿了顿，随即直接提出他的邀请：“这里的交通很不方便，你是知道的，如果你想和我们一起去锡比乌，我们的车是没多大，但挤一下倒也不是太困难。”

看着Nicko诚挚的眼神，历史学家其实是心动的。但他仍然拒绝了邀请。历史学家告诉Nicko，他暂时还没有搭便车的打算，也不想立刻离开锡吉什瓦拉。当他婉转拒绝时，Nicko显得非常失望。

“好吧！我们明天10点会在这里，如果到时候没见到你，我们就直接出发了。”他还是不死心。

历史学家忍不住笑着答应了。

撒克逊领地

钟塔的石壁上，时针和分针牵着手悄悄地僭越过午夜的界线，古城夜色更浓郁了，某种声响消失在城中，仿佛电影配乐被悄悄关闭，有如恐怖片章的征兆。历史学家再次路过钟塔广场，餐厅的门扉已然掩上，吸血鬼的立牌也被移进去歇息，只剩下龙骑士的招牌在夜风中轻轻地晃呀晃，饱含着几分古老酒馆独有的落魄失意。

锡吉什瓦拉的夜游气氛仍很诡异，尽管满城烛光闪烁，气氛十足，市镇广场上却没有居民的身影。古城空洞，就像摄影棚中专门搭建的中世纪场景。

真的太晚了，历史学家蹑手蹑脚地推开老旧木门。民宿坐落在锡吉什瓦拉城南，约几小时前，历史学家第一次走进庭院，就为缤纷的田园色彩深感惊喜。围着篱笆的院子里，藤架上植被的触须纷纷垂落，向餐桌伸展，旁边的空地上还开垦了一块小巧的菜圃，另一边的铁网中困了几只聒噪的鸡。屋内的楼梯、窗台上铺着彩艳可爱的花布，垫起来的烤炉，挂着蕾丝的老钢琴，当然，这些都比不上屋主德裔老奶奶的殷勤。

“特兰西瓦尼亚金三角”指的是布拉索夫、锡吉什瓦拉和锡比乌之间的地域，这片土地也被称为“撒克逊领地”。在这里居住的日耳曼人（德国后裔）相对于罗马尼亚其他地方多一些，当然，这也和曾经“七道关”的建设有关，这些在此定居繁衍的日耳曼人对罗马尼亚影响甚巨。

时光荏苒，当驻守的堡垒要塞失去了防御的意义，大多数日耳曼人回了故乡，也有一些日耳曼人选择留下来继续和罗马尼亚人共存，就像开民宿的这家人一样。

熄灯之后，窗外更是绝然的寂静，历史学家却睁着眼看着洁白的天花板，脑中又再度重新考虑起Nicko的提议。他平常虽然是个意志坚定的人，但面对意外的行程和善意的邀请却有些优柔寡断。

他深深地叹口气，已经到必须为下一步做抉择的地步了。旅行才起步，他心中的某个执念当然期望继续流连锡吉什瓦拉，再看看古城的红色屋顶，不过就现实情况而言，穿越撒克逊领地的压力仍盘踞心头。面对窒碍难行的交通，Nicko的邀约显然是个机会，别忘了这里是特兰西瓦尼亚，旅行从一开始就充满了未知的可能性，而他也正在学习如何应对各种直觉。Roxy好像对罗马尼亚很熟悉，能搭便车就是旅途的机会。

一直胡思乱想着，却是渐渐地陷入混乱的梦境。

隔天早上。

一阵阵清新的田园芳香一波波缓缓地撩动着蕾丝窗帘。

苏醒时并没有很困倦的感觉，历史学家慵懒地躺在床上，然后才想起Nicko的邀约，慌忙盥洗、打包、胡乱将衣物行李塞进背包。

民宿的老爷爷再次来敲他的房门，提醒他早餐已经搁在餐厅长桌上，很担心凉了走味。当他走下楼时，老奶奶正从炉子上把热好的咖啡倒进杯子，放在桌子的拼花布桌巾上。历史学家啜口咖啡，那恰到好处的顺滑，竟是他从未在世界上任何地方品尝过的，连他对咖啡不敏感的味蕾都能感受到煮咖啡人的用心。

挥别老夫妇，历史学家背着背包离开那栋房子。外头的天空很耀眼，此刻的锡吉什瓦拉似乎比昨夜开朗多了，通往山顶的隧道口有家小纪念品摊，摊贩老板正忙着把东西推出门。与昨天唯一相同的是，城内仍旧人影稀疏。

历史学家路过市镇广场，恰好看见Nicko和Roxy在斜坡巷口，他们正合力把行李塞进一台艳红色的小轿车里。回过头他们就看见历史学家出现在他们背后。

“你来了！”Nicko笑得开怀。

“我来了，早安。”历史学家握住Nicko的大手。

这台车真的和Nicko所说的一样，没有多余的空间，后座剩余的大小刚好只能挤下一个人，后车座的行李和背包紧挨着他的肩膀。为了酬谢夫妻俩的好意，历史学家拿出昨晚预先准备的礼物相赠。最后Roxy平静地宣布：“我们和锡吉什瓦拉道别吧！”

Nicko和历史学家转过头看着钟塔渐远。

轿车利落地再次滑过空旷的市镇广场，从西侧塔楼下出城。

AVOCAT

第二章　吉普赛人的瞳孔

她高举双手到空中，大喊：“我死的时候，让我站着下葬，因为我这一生都跪着！”

后来我才知道，她跳完舞时说的那句话，是一句古老的吉普赛谚语。

保罗·科尔贺（Paulo Coelho）《波特贝罗女巫》

古城外是片密林，早晨的微风里，枝丫鬼祟地在门外窸窣摇曳。他们的轿车才从城门底下探出头，就立刻急速滑下长斜坡，锡吉什瓦拉在顷刻间失去了踪影。车窗上，一只纤细的手衔根烟在那搁着，抓方向盘的不是Nicko，是Roxy。

几天后，历史学家听人说，罗马尼亚是“女尊社会”，结婚后男方大多是和岳父母同住，更何况Roxy是受过高等教育的女性，比Nicko年长三岁，更是他工作上的前辈，难怪Nicko凡事要看Roxy的主意。现在Nicko穿一条直条纹的睡裤，像个巨婴般被塞进副驾驶座，由于身材高大，座位的椅背被推到最后面，空间还嫌不够。

从锡吉什瓦拉到锡比乌，总共90多千米，Nicko掏出谷歌地图给他看，只见撒克逊领地上密密麻麻地标注着罗马尼亚文，地图上的每个名称都代表一座要塞。

撒克逊领地布满防御堡垒，教堂要塞化的构造正是撒克逊人的发明：每当敌人来袭时，教堂的钟声会响彻城堡内外，村民会马上搁下农耕，聚到教堂的武器室里武装起来。为了保卫可爱家园，温和的村民也可以是悍勇的民兵。

撒克逊领地的另一个特色，就是现存的罗马尼亚最原始的吉普赛部落——这里散布着好几个吉普赛村庄。常看影展的历史学家，一直很喜爱那位吉普赛导演托尼·葛里夫，以及他的罗马尼亚电影。尤其是《寻爱之路》中女孩悲痛地摔盘子、在树林光影里狂奔镜头；或者是《过客》的男主角在坟上浇杯纯浓威士忌，轻闭双眼，跳舞哀悼前人的影像……这些都让他印象深刻。

这段路是罗马尼亚最原始的面貌，远离道路的矮丘陵尽是浅青绿的原野，偶尔沿路两侧也有排列井然的树木。他低下头，拿出手机看看时间，10：40，到锡比乌大概还赶得及吃午餐吧！

没提防，Roxy指向左边的草原，语气淡定地说：

“你瞧！那就是真正的吉普赛人！”

流浪者之歌

听到最后的那个词，历史学家猛然抬头，右手已伸出去捞到相机背带。

左边是片月牙形大草原，五辆马车（吉普赛的篷车或拖车）在草原上随意停泊，每一辆都是由木板和铁片拼凑成的车底座、轮框，白帆布搭建成的拱形车顶，有点儿像露营帐篷，几个头戴牛仔帽的男人在收拾散了满地的金属器具，似乎是刚结束一次有趣的以物易物，或是正准备启程到下一个城镇。历史学家恍神呆看了十几秒，汽车很快就绕过了大草原。

吉普赛人，或被称为罗姆人，是狂野、荒唐、率直的象征，他们游走在特兰西瓦尼亚各个村庄，带着神奇的道具或技艺，是天生的吟游诗人。那种不羁的吉普赛风情深深地吸引着历史学家，那种执迷很难和德古拉相较高下。

听说，吉普赛人住在夸张的马戏团帐篷里，帐篷中间的木桌上搁着隐晦流光的水晶球。他们高兴时跳弗拉明戈，但你若想再瞧一眼，自由的吉普赛人却早已收起帐篷，漂泊到了下一个村庄。

Roxy所说的真正的吉普赛人，正是指那些没有流浪到城市里偷、抢、拐、骗，沦为西方人印象中的“地铁乞丐”的人。真正的吉普赛人仍野性十足，吉普赛人虽然遍布全世界，但罗马尼亚却仍拥有真正的吉普赛族和完整的吉普赛村庄，无怪乎被认为是吉普赛人的故乡。

“再遇到吉普赛村庄，能不能放慢速度让我看清楚点儿？”历史学家急忙向Roxy请求。

“等一下还有。”Roxy安慰他，车速却没降低。

这附近都是吉普赛人的集散地，果然没多久他们又看到了披着花哨布料、满脸皱纹的老婆婆对着他们的车挥手，Roxy只瞄一眼就说，“那也是吉普赛人！”历史学家回头，看老婆婆满是皱纹的脸上堆满笑容，意图搭个便车，但Roxy却不再看她一眼。

对历史学家而言，分辨吉普赛人很不容易，就像欧洲人分不清中国人、韩国人或日本人一样。但Roxy却是一眼就可以分辨出来哪个是吉普赛人，哪个不是。“吉普赛女人头上大多戴着彩色头巾、穿着鲜艳的披风和蓬松的花裙，男人喜欢戴圆帽或牛仔帽，总之……就是脏兮兮的样子。”Roxy嫌弃地说。

事实上，罗马尼亚人确实和吉普赛人处得不好，Roxy曾对历史学家说：“罗马尼亚还可以吧？但是，很抱歉，希望吉普赛人没给你带来太多困扰。”也许是打心眼里不喜欢吉普赛人的缘故吧，听说许多欧洲人都歧视吉普赛人，连带对罗马尼亚也有了糟糕的刻板印象。

或许罗马尼亚人心底都有埋怨：若非吉普赛人，罗马尼亚更早之前就加入欧盟；而欧盟也把罗马尼亚当作吉普赛人的大本营，以此减少对罗马尼亚现代化建设的支持。想到这儿，倒让历史学家对某件事感到好奇了。他问Roxy：

“你们知道前阵子那则新闻吗？我听说，法国前总统要给法国境内的吉普赛人一些钱，好把他们遣返回罗马尼亚。你们觉得呢？”

Roxy笑着说：“萨科奇未免太不了解吉普赛人了！那些乞丐一旦领了钱，八成会兴高采烈地到罗马尼亚探个亲再回法国——在法国乞讨，总比露宿荒野强点儿。”她脸色一沉，“但这项政策对罗马尼亚无疑是雪上加霜。”

此时他们已进入了一处村落，有许多吉普赛人在路边架起桌子，桌上摆满了金属器皿。吉普赛人似乎很喜爱金属工艺，也钟爱耳环、吊饰、铜器的交易。他仿佛看见了电影《寻爱之路》的男主角强加洛挨家挨户地敲着门，询问村里人是否有旧物要买卖，从首饰堆捡起灰扑扑的宝石，杀价、议价，交易就在台阶上完成了。

那些金属小贩脏污的笑脸，倒是让历史学家想起一首传统吉普赛歌谣：

“河水在下方歌唱，裙摆以天空和树叶织成。戴上用葫芦瓜花朵编的鲜亮的皇冠。

噢！吉普赛人的悲哀！洁净的绝然孤独。”

吉普赛人的生活都在自然的游戏中消磨，需要钱的时候用放纵的歌唱与舞蹈向纷纭世人乞食，或学会窃贼的本事，以玩世的态度借用世人的财帛，生活不过是场游戏。吉普赛人的座右铭是：今天我们大吃大喝，明天我们挨饿，后天又饱餐一顿。

凡事讲究随遇而安，若非是近乎荒唐的乐观，哪能承受得了千年为世不容的寂寞流浪呢？“吉普赛人是上帝的女儿，不是皇帝的奴隶。”那首歌谣说。

上帝的女儿……

上帝的女儿……

上帝的女儿吗？

前面吉普赛老人闲散地驾驶着马车沿马路“哒哒哒”地走，Roxy只是轻踩油门，“唰”的一声就把马车远远地抛在后头。

历史学家从后窗看见马车仍走着自己的步调，反复咀嚼着吉普赛人的诗，似乎暗指在吉普赛人的价值观里，汲汲营营的现代社会反倒像妖魔小丑，玷污了纯真。文明人制定金钱的规则，而吉普赛人却当它是游戏，这又如何定义谁是谁非呢？

这一瞬间，历史学家忽然很羡慕吉普赛人：那种极致的洒脱、没有所求的浪漫……或许就是因为如此无羁无挂，才能看到真正的快乐。过去历史学家心底常有很多纠缠的迷惘，却始终没有答案。但现在至少他可以明白，为何电影《寻爱之路》里的女主角甘愿放弃在法国拥有的一切和美好、稳定的生活，疯狂地追逐着吉普赛人流浪的脚步了。

再过几天、几周，历史学家的旅行总会结束。

而吉普赛人的流浪仍狂笑着、痛哭着、舞蹈着。

看见锡比乌的眼睛

后来的路途中没再看见吉普赛人。Nicko的酒虫又闹，于是伸手从脚下拎出两瓶啤酒（历史学家吓了一跳，前座椅下居然有个装啤酒的冰箱），历史学家也跟着打开一瓶。Roxy说罗马尼亚不太抓酒驾，却仍然拒绝喝啤酒。她摇下车窗，边抽烟边开车，小轿车在荒野上轻快地疾行，动作极是熟练。

等历史学家终于清空啤酒，车早已开上锡比乌的外围环道，此时，沿城墙通往要塞内的路正塞车，半天没动静，Roxy没耐性地绕出车阵，找个墙边就停车了，旁边墙角停放的整排轿车也都把一半车头搁在人行道上。

他扛起背包，跟在夫妻俩后头徒步走向广场，虽然Roxy说她没来过锡比乌，但外围迷宫般的巷道还是难不倒她，转几个弯就看见市镇广场了。

锡比乌，橡树之城，德语中的赫尔曼城（Hermannstadt），也是特兰西瓦尼亚七座古堡之一，始建于1190年。锡比乌是特兰西瓦尼亚早期的政治经济中心，14世纪前就盛行的各种工艺行会，类似今日的工会。每个行会都有自己的会规，其中也包括负责守望防御塔的任务，传闻在巅峰的年代曾有19个行会同时运作。

最早的行会明文规定，只有血统纯正的日耳曼人才有资格进入行会，同时也只有城市行会才能决定城市的政治和经济决策。瞧！“种族政策”不是希特勒的专利，日耳曼人的祖先老早就在特兰西瓦尼亚实行歧视，锡比乌的德国人甚至比罗马尼亚人还多，现任市长也是德裔。

Roxy忽然回过头，简单对历史学家说：“对了！注意那些窗户喔！”

“窗户？”历史学家一时没听懂，不过Roxy知道不需要再多做解释了。因为历史学家走进广场，立刻领会了这座城市最可爱的特色：锡比乌之眼。

或许曾有个奇异的典故，导致锡比乌的窗户都形似眼睛。现在锡比乌的眼睛们正以眯眼、吊眼或睥睨眼等眼神凝视他们，还有在窗台上伸一根晒衣杆的窗户，活像在眼睛上插针似的。他们站在市镇广场，乍似天地开阔，却始终有被品头论足的异样感。

Nicko拿起单反相机胡乱拍了几张，Roxy在旁边抽完一根烟，冷静地回视锡比乌之眼，然后对历史学家说：“我们必须离开了，如果想在天黑前通过喀尔巴阡山，中午就不能停留在锡比乌。”Nicko听见了，眷恋不舍地收拾好相机。

他用巨手拍拍历史学家的肩膀："再见啦！下次有机会再一起喝酒。"

说完，Nicko和Roxy并肩往西北方的走廊走去，他们在广场边缘再回头，看见历史学家仍站在广场，被周遭的锡比乌之眼端详，身影煞是孤独凄凉。

广场乍看之下很封闭，实则四通八达，到处有宽窄不一的巷弄连通街区或通往下城区。锡比乌以议会塔为城镇中心，左右两侧各有一个广场，状似东方的太极图，而历史学家所站的市镇广场是游客、居民和乞丐聚集的中心，广场中央有几座开放式喷泉、几张铁椅。历史学家把背包甩上铁椅，坐着，在人群中欣赏锡比乌。

锡比乌最光荣的一刻，莫过于2007年获选"欧洲文化之都"，同一年入选的还有卢森堡。历年被评为"欧洲文化之都"的还有利物浦（2008年）、林茨（2009年）、伊斯坦布尔（2010年）等，多数城市名不见经传，但本来文化之都就以商业营销为出发点，发扬当地的特色。锡比乌的获奖意味着东欧文化的兴起，市民也因此感到荣耀，据说市长也颇得好评。

一个外地旅人在广场上很显眼，立刻有吉普赛小孩来到他身旁，对着历史学家用陌生的语言乞讨，诵祷语调诡异，他甚至无法确定，那究竟是不是吉普赛的语言。

历史学家依稀记得有部电影里有这样的情节，有人如果不经意得罪女巫，接着就会被莫名的诅咒盯上。民间也盛传，吉普赛人是擅长诅咒巫术的族群，举世闻名的水晶球占卜起源自吉普赛的帐篷，既然他们是上帝的女儿，那么能在水晶球雾气中察觉凡人所无法体会的征兆似乎也很合理。女巫在罗马尼亚是个普通职业，但前几年，政府竟动脑筋打算对女巫和占星师抽税，大概也是因为财政赤字的原因吧。这个提议一下子气疯了罗马尼亚全国的女巫，她们抗议，抗议不成就聚在一起诅咒总统。

这件事一度成为了国际笑柄。

听吉普赛人的喃喃细语并不轻松，历史学家掏点儿钱出来，小乞丐抓着就跑掉了；他想着，那总统真不得了，被五万女巫诅咒，是怎样可怕的滋味啊！

广场的东西两侧主要是餐厅，招待来锡比乌的外地人，广场墙沿底下摆设了十几张咖啡座，坐着许多时髦的金发妇女以及穿西装的男人。他们的悠闲没持续太久，飞渡喀尔巴阡山而来的暴雨瞬间淋湿了锡比乌，无论是罗马尼亚人还是吉普赛人，纷纷闪躲进屋檐下。

历史学家背起背包，赶在雨水落下来之前走进了旅社。

旅社就在市镇广场不远处，他搁下背包，柜台里的年轻人正忙着，请他稍待，没隔几分钟见他还在，就问他："你要不要先出去逛逛？或是绕市镇广场走一圈认识锡比乌。"旅社内有酒馆，历史学家看见后面包厢里，有年轻人七横八竖地躺在沙发上聊天，在室内吞云吐雾，他感到厌烦，等雨势缓了就拎着背包出门了。

"喂！记得回来啊！"柜台里的年轻人边忙边在他身后喊，他不耐烦地挥了挥手。

这里算是古城的市中心街道，旅社前的巷子窄，仅是单行道而已。路砖铺得草率、随性，转个弯，便又带他回到了市镇广场。随后他走进城区外围的后巷内，然而外围依然是古城的一部分，建筑构成也是由砖道、砖墙组成的。

锡比乌要塞分为上城区与下城区，市镇广场和大多数旅人都徘徊在上城区，下城区则几乎全是住宅。那里有更多的锡比乌之眼，显然这种形状的房屋窗户不限于古城，在郊区的吉普赛人和罗马尼亚人混居地也十分常见。Roxy曾说，在罗马尼亚有两个人自称“吉普赛之王”，其中一位就住在锡比乌下城的郊区，另一位则在布加勒斯特附近盖了颇有架势的豪宅，大概是因为他们已经穷怕了。

“喔？不是‘上帝的女儿’吗？怎么还堕落成‘邪魔歪道’了呢？”当时历史学家大笑。

他绕着市镇广场外环的道路沿阶梯走到下城区，最后再沿楼梯绕回到市镇广场的另一端。这座广场的中央是新教教堂，却像公园一般人气十足。广场上居民很多，他远远地站在外围看小孩打闹、吉普赛人散步。

据说在16世纪时，德古拉的子孙，米雷亚伯爵曾统治特兰西瓦尼亚地区。米雷亚伯爵是个残暴的人，人称“坏蛋米雷亚”，米雷亚是德古拉爵位的嫡系传承。1520年，“吸血鬼王子”就在这座教堂前被谋杀，最终葬在这座教堂的墓室里。

教堂的外墙被刚才那阵暴雨浸湿，深色的墙砖格外显眼。从教堂广场再继续沿着古城围墙走，就是另一处奇特的建筑——说谎桥。

这里不准说谎

在很久以前，锡比乌商人会在这座桥上相约交易，确保彼此的商誉诚信；恋人会在桥上宣示爱情，让桥见证他们的天长地久。锡比乌居民相信，当有人在说谎桥上说谎时，桥就会因此崩塌、埋葬那人；另一种更有趣的传言是，以前锡比乌的城主会惩罚犯说谎罪的人，将他从桥上推下去。

实际上，说谎桥是座造型极其普通的陆桥，没有精美的桥墩、雕塑，被架高十几米的桥身下面，有一条石砖道路通往锡比乌的下城。说谎桥两侧也满是锡比乌的眼睛，尤其是上城城垣外侧的独眼可以直接俯瞰桥上人的一举一动，就像无所不在的监视器一样。

历史学家也在那一刻忽然觉得锡比乌人或许是真的很重视诚实吧！即使说谎桥没有塌陷，在那些眼睛的瞪视下，有良知的人怎能不愧疚地说出虚伪的话呢。

锡比乌良好的治安情况在特兰西瓦尼亚是出名的，从小地方都可以感受到城市独特的性格。

他想起电影《寻爱之路》中有个传神的画面，女主角在手心上画个眼睛，象征着某种信仰，保护或幸运符号。这种源自吉普赛人的习俗和信仰也盛传于土耳其的安纳托利亚地区（Anatolia）。土耳其人认为暗处窥探的邪恶之眼会伤害他们，所以需要装饰另外一种眼睛抗衡，于是吉普赛人的瞳孔、锡比乌的眼睛、土耳其的邪眼，伴随着迷蒙却又神秘的眼神和浪荡的脚步来到东欧。

从说谎桥走回市镇广场要经过两个广场之间的分界线。如同锡吉什瓦拉一样，锡比乌也有一座守望钟塔矗立在上城区的最高处。

以往的锡比乌曾有39座高塔护卫着，议会塔是其中最重要的高塔之一。议会塔内部的螺旋状阶梯，曲折穿过了好几个房间。历史学家从塔底下的入口攀爬，空间虽然狭窄有限，脚踏的空间却相当充足，整个阶梯都是由原色裸露的砖块建造的。

在议会塔的最高层，有个巨大的玻璃箱嵌在墙壁上，箱子里头有无数大小齿轮喀喀喀地忙碌转动，一圈一圈，大圈小圈的，与外头的白色大时钟相连，准确地为锡比乌居民报时。砖头砌成的阶梯在这里终结，通往上面楼层的则是玻璃箱旁的巨大木梯，厚实的木梯搁在房间的角落，走过木梯，就是议会塔顶的瞭望台。

瞭望台的四面被厚玻璃覆盖，他隔着层雾气，往南眺望市镇广场。从这个角度看整座锡比乌古城，城市就是眼睛的汪洋。视线一层层的堆栈，仿佛站在台上，被观众讥嘲目光聚焦。更有一些吊起瞳仁、露出眼白的眼睛，眼中只剩一种决绝漠然的神采，令人泄气。

一只鸽子停驻在高塔上歇息，歪着头隔着玻璃和他对视，大概是因为没面包屑可捡，它双翅一振，噗噗地拍打着翅膀往市镇广场滑翔过去。

市镇广场的中心，议会塔的塔底，是罗马天主教的大教堂。历史学家推开双层大门，走了进去。偌大的教堂里没有教士的身影，只有一位老人坐在前排木椅上面对着祭坛祷告。他悄悄地滑过座椅中的走道，走向祭坛。

此刻还有些强烈的夕照透过彩绘玻璃映照在教堂的桌椅上。玻璃被画上了许多圣经故事，有圣乔治屠龙、圣母玛利亚等著名情节，金黄色的光芒把祭坛上细腻的雕塑照得辉煌圣洁，那种感觉说起来就仿佛有无数天使和圣徒环绕，气氛庄

严神圣，也像是在引领他一窥喜乐的真谛。

最后的天光中，他依照当地人祈祷的习惯，买了三支黄蜡烛点在座椅后的灯烛台上。

当历史学家再次推开大门时，彩绘玻璃表层的金黄色已逐渐黯淡了。

走进喀尔巴阡山

清晨六点前的一刻钟，历史学家再度伫立在锡比乌市镇广场，天空的灰蓝泛起一整片浑沌，难以分辨天的颜色、云的颜色，在这里，没有咖啡店、没有吉普赛人，也没有城市苏醒的迹象，懵懂得似乎连锡比乌之眼都没有睁开。他深深地吸一口气，让冷冽略带潮湿的空气流入胸腔。

然后，他往下城区的火车站走去。

前一天在进入锡比乌前，历史学家和Roxy曾讨论过旅行计划，当时Roxy曾强烈建议他："既然你要去暮光之城布拉索夫，那就顺道去喀尔巴阡山吧！"

毕竟是喀尔巴阡山造就了特兰西瓦尼亚吸血鬼、狼人的怪诞传说。"喀尔巴阡山的铁道很美，与其对传说抱存怀疑，不如亲自进喀尔巴仟山看看，或许在神秘的丛林里能找到什么。"Roxy带着一抹笑意告诉他，似乎是在取笑一般。

Roxy真是非常实际的罗马尼亚女人啊！

于是历史学家来到火车站，车站内只有售票员在打呵欠，这个时间就连吉普赛乞儿也未开业。售票大厅像是被掏空般寂静，他握着前一天买好的票，抽空在车站前的摊贩那里随便买了个三明治当早餐。月台上，开往喀尔巴阡山的列车早在等着了。

这辆车和他认识的罗马尼亚火车很不一样。火车有类似高铁的、有现代设计感的车厢，车厢内座椅的高低差很大。他霸占了最高的四个位子，枕着背包，横躺着开始打盹儿。

记不得睡了多久，一阵哗啦声惊醒了他。

他睁开眼，发现自己的前额紧贴着玻璃，压得头脑有点儿麻痹昏沉，隐隐作痛。然后他寻到嘈杂声的来源是窗外的大雨，大雨拼命地敲打着隔层玻璃并咆哮着。

历史学家扶着自己的头，让视线慢慢聚焦，这才发现不是视线昏花。车窗上水雾厚重，车窗外尽是浓郁苍翠的针叶林、山毛榉林，列车在迷蒙的山岚中缓速行进，车厢空荡荡的，只剩他一个旅人，正独自走进阴霾的喀尔巴阡山。

喀尔巴阡山脉是欧洲第二大山系，仅次于阿尔卑斯山。它从斯洛伐克一路蔓延进入罗马尼亚的全境，盘踞于巴尔干半岛北端。它没阿尔卑斯山高，也不浪漫，有的或许只是无尽的浓郁苍翠。不知是不是暴雨带来的水汽蒸腾的缘故，云雾缭绕在车厢外，当列车减速驶过峡湾时，风景优美得让人不知身在何处。

愈往山脉深处走，雨势愈狂暴，即便隔着特大号玻璃，也能感受到风雨怒吼的猖狂。除了攀附在眼前的水珠，他再也看不清楚喀尔巴阡山的景物了。

列车绝不犹豫却步，往更深处的密林中行驶而去。

第三章　特兰西瓦尼亚

我们在特兰西瓦尼亚，特兰西瓦尼亚不是英国，我们做事的方式和你的方式不同，许多事你会觉得奇怪。

布莱姆·斯托克（Bram Stocker）《德古拉》

火车走走停停，穿梭在茂密的喀尔巴阡山区的森林中，树木飞快地往两旁退去，最后让出了一座巨大的山谷。特兰西瓦尼亚进出瓦拉几亚的通道有好几条，但在数百年的历史中，最主要的道路都途经布拉索夫。

布拉索夫是特兰西瓦尼亚最大的城镇，坐落在特兰西瓦尼亚高原东南部坦帕山（Tampa）山脚下。长途跋涉的火车摇摇晃晃地停泊在布拉索夫车站的月台上，历史学家扛起背包，走进特意挑高的车站大厅。站外几个公车站排满乘客，布拉索夫迥异于特兰西瓦尼亚其他要塞，它像被现代化的潮流冲刷过，城市里残留的都是深灰色的公寓。

Roxy说，去特兰西瓦尼亚，一定要去暮光之城参观，要去暮光之城，得先到布拉索夫转车。大多数观光客会驻足在布拉索夫，因为它交通便利，是主要的旅游圣地，还是通向特兰西瓦尼亚另外几座古堡的关口。

由于乘车的疲惫感还没褪去，历史学家没有急着动身前往暮光之城，他随其他行人一起搭乘公交车前往市中心安顿，顺道也看看依然繁华的古要塞。

在罗马尼亚，随便看去至少会有三座城堡号称“暮光之城”，通常还附带一些恐怖的传说，比如说德古拉伯爵原来驻守的城市特尔戈维什泰（Targoviste）。据说1462年，土耳其军队攻打到特尔戈维什泰城前，赫然见到两百多具插在木桩上的战俘尸体立在城脚下，城市四周尽是乌鸦、秃鹰啄食尸体时发出的“嘎嘎”的叫声，声音好不凄厉。从此特尔戈维什泰“死亡花园”的恶名震慑了亚欧大陆。这也是德古拉伯爵被冠上“帖普”这个名号的由来，帖普，意思是穿刺者。

根据流传世界的传说，特兰西瓦尼亚各地都有吸血鬼活动的传言，传说的力量一直影响着这块土地。但当地人都知道，最出名的城市，真正的暮光之城，是坐落在布拉索夫西南方的布朗城堡（Bran Castle）——德古拉城堡。

黑人、黑海、黑教堂

历史学家搭车进入布拉索夫市中心，走进了热闹的议会广场（Piata Sfatului）。这天好像正巧有个演唱会，广场上绽放着各国游客的笑靥，他们随意地坐卧在长椅上谈笑，广场北端延伸出的共和大道上摆满了露天咖啡座，深色的阳伞彼此遮掩，遮住了穿梭在人群中的戴墨镜的时髦游客、脸上涂着五颜六色油彩的小丑、热狗摊贩和吉普赛乞丐。

这一刻，整个议会广场如同在举办一场盛大的嘉年华。

从锡吉什瓦拉一路过来，看到的罗马尼亚尽是失去活力的冷淡，旅行本来是绝对寂寞的过程，历史学家也不以为意，他和寂寞总是莫逆知己。

可是，布拉索夫议会广场很不同，热情的氛围很容易感染行人，历史学家兴致盎然地审视广场上的各种色彩，虽然他平常总爱和古迹为伍，寻找岁月残留的落寞，但是偶尔也会选择徜徉在人群的旁侧，没有参与，纯粹地享受议会广场上的喧闹声。

议会广场后方有一座巍峨的教堂。罗马尼亚人告诉历史学家，罗马尼亚有“三黑”：黑人、黑海、黑教堂。黑人就是他曾在撒克逊领地见过的吉普赛人，可想而知，黑人暗指吉普赛人的手脚很黑；黑海是指罗马尼亚东部濒临黑海的多瑙河三角洲；而最后的黑教堂则是指布拉索夫议会广场旁的黑色教堂，东欧最大的哥特式教堂。

黑教堂之所以黑，是1689年哈布斯堡王朝（Habsburg）为镇压当时手工业者暴动在布拉索夫放火造成的，大火焚毁了教堂，把教堂的砖瓦熏得漆黑。教堂重建后仍像个不均匀的焦炭色块，仿佛是建筑师巧用了不同色泽的黑砖，拼凑成了黑色马赛克教堂外墙，连同屋瓦、窗台、侧墙上的天使雕像都黑得浑然天成，像是崇敬路西法的黑教团。

从此黑教堂被笼上一抹神秘的色彩，光明与黑暗，天使与魔鬼，又增添了一个迷人的传说。布拉索夫既然隶属于特兰西瓦尼亚的要塞，黑教堂理应肩负守卫布拉索夫的职责，黑色或许让黑教堂显得更高耸、更沉重，只在一旁看着它，就油然萌生了肃然起敬之感。历史学家曾在历史书里读过塞尔维亚的“白教堂”，它的经历和布拉索夫相仿，也经历过战乱、殖民，但现在黑教堂观光兴旺，今日的议会广场上就满溢了笑声。

同样的，布拉索夫也有两座防御堡垒，一黑一白，被称为黑塔、白塔。

黑教堂往北，商店街的后巷，布拉索夫的城堡壁垒在山脚下还残留着一道矮墙，浅浅的护城河水涓涓地流淌在矮墙与山壁间，有些像稍微宽阔一点儿的水沟绕着布拉索夫流淌。

古时布拉索夫的德语名称是喀琅施塔得（Kronstadt，意思是皇冠之城），是由天险和厚厚的城墙围成的一座要塞。随着岁月的流逝，这座宏大的古堡逐渐斑驳成如今的残骸。山上的碉塔曾经也是由行会守护着，它们各据一方，远远地守望着布拉索夫。

白塔恰如其名，有白色的方方正正的砖墙，像块巨大的豆腐般矗立在那里。白塔的入口离地面约有半米高，参观的群众排队推开那唯一的木门，里面现在是座三层楼高的博物馆，陈列着各种地图、喀琅施塔得要塞想象复原图，以及当时士兵的服装造型，包括当年参与征战的罗马人、土耳其人和撒克逊人。这里刚好有学校上校外教学课，年轻的老师耐心地讲解历史，旁边的小孩子兴奋地张望，三不五时地伸手去摸比他还高的士兵模型。

塔的顶层有古代士兵守望的窗口，狭窄的隙缝可以防止冷箭射入，可以说是进可攻退可守，是要塞最重要的“眼睛”。如今这里是城市的瞭望台，为了安全，塔的窗口与屋顶都贴了一层厚玻璃，像温室一般闷煮着室内的空气，只听几个游客一直叨念着“好热”，转头往出口走去。

站在白塔的木门前，历史学家正好俯瞰整个布拉索夫，眼前的画面像微风拂过面庞般清新，让人心胸开阔，此刻夕阳的余辉斜铺在布拉索夫古城城墙上，洒向鳞次栉比的红色屋顶，映照着对面依旧葱翠的山林。

从这个角度回望黑教堂，它苍老的姿态更加迷人，尽管数百年过去，布拉索夫依然弥漫着经典的味道。那种沉淀了沧桑的生命气息，颇有几分中世纪欧洲的情调。

从议会广场向南，历史学家再次搭乘罗马尼亚的公交车行进。穿过沙伊城门（Schei Gate）后，终点站在城市最南端的沙伊广场。沙伊地区本来是撒克逊人驻军时修建的罗马尼亚城区，若没有允许，罗马尼亚人是不准进城、不准夜行的。若是土耳其人从西南边攻打过来，先遭殃的就是这些城外的罗马尼亚人，他们不能获得教堂和要塞的庇护，是侵略者刀下的第一批受害者。

现在的沙伊区依然维持着古老的风貌。从黑教堂延伸出来的鹅卵石道路，朴素的街角，奇装异服的观光客远比议会广场的少得多。反衬出沙伊最典雅的地标：圣尼古拉大教堂（Biserica Sfntul Nicolae）。

眼见历史学家快踏进教堂，吉普赛老婆婆利落地抢步上前，却在最后几步时步伐踉跄，孱弱地摊开手掌，念诵他们的乞讨术语。

历史学家推开教堂巨大、沉重的木门，里面第一道门后是玄关，拱形天花板上的壁画是璀璨的夜空，星星在黑暗中点点闪烁。此时木门在他身后安静地自动掩上，把广场上嘈杂的声音隔绝在外，仿佛是进入了静谧的乐土。

第二道门后才是礼拜堂。走廊的右边，有两个老妇人搁张木桌就地卖起了纪念品和圣物。历史学家好奇地端详着各式圣物，几个盒子里装满蜡烛，这里的蜡烛都是黄蜡，瘦瘦长长的，像个营养不良的孩子，握在手里稍微施力就会折断。

也许是因为圣尼古拉教堂的玻璃窗太狭窄的缘故吧，外面的阳光透过玻璃射进来显得青灰黯淡。历史学家挨着教士坐在教堂的座椅上祷告，这种座椅不是横排木椅，而是贴着教堂两侧墙壁整齐码放的靠背椅，座椅很高，左右间距却极为狭窄，像餐厅里的婴儿座椅。临走前，教士指示他到桌边取用圣餐，圣餐的面包上洒了许多白粉，看起来像是生了霉菌或落了灰尘一般不太洁净，考虑再三，他只从锡桶里取了一点圣水饮用。

教堂外，太阳已快被隐没在坦帕山背后。他回到预约的旅店，远离了议会广场周遭更加夸张的喧嚣声。后来历史学家说，他非常喜欢这家旅店，那个巷子的环境有种闹中取静的封闭感，而且没几个旅人居住，因为当时的他真的很讨厌莫名的打扰。

不过他不用担心更多的打扰了，出国之前，历史学家换了手机号码、关了社区论坛，彻底地藏匿了行踪。他这两年来与人相处时总是很容易受伤，他想放逐自己，和过去的人生做一个了结。也许他做到了，那次的旅行比以往更加孤单，但这原本就是他的选择，他说，他从没后悔过。

当晚，历史学家熄灯后打开窗户，发现窗口正面对着坦帕山，山上仿照好莱坞架起了Brasov（布拉索夫）的牌子，探照灯自下而上照亮一整片山林，全城都能看见它的光芒。

屋内好静，历史学家睡不着，他坐在窗边直到议会广场沉默。

十字军

小巴士停靠路旁，热情的巴士司机撇过头，朝着历史学家大喊：“拉斯诺夫（Rasnov）！”

历史学家走在城镇的干道上，红色屋顶的小城市没有路标，没有地图，他只能靠直觉从车站向大钟塔走去。路的尽头延伸到山脚下，背景里是远处的矮山丘，就连山丘上也仿照布拉索夫立着一个巨大的牌子，上面写着“Rasnov”。

这天晨雾刚散，历史学家从布拉索夫市出发，先搭公交车到外围的巴士站，然后再转搭巴士前往西南谷地的布朗城堡。布朗城堡与布拉索夫间是道宽广的巨大峡谷，拉斯诺夫城是峡谷中的另一座著名要塞，通常旅客去布朗城堡，都会顺道来拉斯诺夫。

拉斯诺夫市区有种异常寂寥的气氛，即使近年来旅游业蓬勃发展，也未曾有真正的观光客进驻，这里看不见历经商场洗礼的旅馆，除了苍白的素颜外，古老的砖墙更像从未修复过。

远远的，历史学家看见钟塔下走来一个眼熟的身影，再近点儿，历史学家才认出来，他是住同一家旅社的比利时背包客。他很随兴地在特兰西瓦尼亚地区乱逛，随身携带的只有皮夹和不离手的啤酒瓶。印象中，历史学家从没看过他停止喝啤酒，有点儿像一直被酒精麻痹的状态。“嘿！”历史学家冲着他挥手。

“嗨！你也要去拉斯诺夫吗？”比利时男人看起来很愉快。

“对啊！你知道怎么上山吗？”历史学家微微闪开他吐出的酒气。

“很简单，我带你去！”比利时男人兴奋地说，“有条捷径能直达拉斯诺夫城的城门，入口在山脚下的一间餐厅后面，那里有一段小阶梯通往山上。”

大概10分钟后，历史学家就着恼起来：他不该听信一个随时都在喝啤酒的人说的话。

他所谓的捷径绝非一般人会走的正常途径。穿过后院走上阶梯，刚开始还依稀能分辨前人开辟的痕迹，到后来，他们只能在杂草和石堆中选择，向城堡的方向行进。“很棒的路线吧？”比利时男人弯着腰喘着气。历史学家不置可否，他别过头去，隔着稀疏的树林，却见连绵屋顶在山谷中绽满了砖红色的绚丽。

山路的终点是一扇小门，门后是一个庭院，院子旁边高耸的围墙上还有防御用的塔楼。塔楼上面有几个观光客探头出来，讶异地看着庭院中的人，比利时男人得意地挥挥手，领着历史学家从另一扇门走出了庭院。

庭院外面是一整排高耸的围墙，墙体微微往内倾斜，呈现出一种防御的姿态。这一侧城墙没有路可以通往城内，比利时男人于是顺着拉斯诺夫城围墙走，直到山坳内才有一扇真正的城门。更壮观的是城门口的售票处前面集结着好几个旅行团，正依序走进售票的小木屋。

“我去排队！你先在城门口逛逛。”比利时男人自告奋勇地说。

城门口有好几个导游，正在用不同的语言，法语、日语等介绍着拉斯诺夫的故事：

13世纪时，来自德国的条顿骑士团在十字军东征中败退，最终退守东欧一带。他们协助特兰西瓦尼亚的撒克逊人建筑要塞，抵抗当时横行的“东方人”，后来1225年条顿骑士陆续撤出特兰西瓦尼亚地区，只留下拉斯诺夫等要塞抵挡“东方人”的入侵。

那应该是段不安稳的日子，居民在睡梦中都要随时保持警戒，所以当拉斯诺夫城失去防御能力后自然逐渐荒废。历史学家绕着如今已废弃的拉斯诺夫城，细数脚下不成形的石砖。很久以前，拉斯诺夫城墙拥抱着五千镇民，每日每夜抗击和警戒着随时可能进犯的敌人。今天，拉斯诺夫彻底湮灭了居民的气息，那些曾被守卫的镇民早已搬出古城，迁徙到了山脚，在宽广的平原上重建城镇，不再过提心吊胆的日子。

现在驻留在拉斯诺夫城内的，都是旅游服务人员，他们披上条顿骑士团的黑十字白袍，卖圣物、服装、玩具兵器，如刀、剑和弓箭等。历史学家拾起一把塑料材质的短剑，发现它背面的标签印着“Made in China”的字样。

方才比利时男人挥手的塔楼，就是古城北边屋檐下整排的瞭望台。古代的拉斯诺夫士兵就是从塔楼里观察着拉斯诺夫平原上的每一次风吹草动。

这里是古城的后缘，历史学家听见一群人在叫嚣、起哄，好奇地围过去观看。

眼前的画面让他傻眼了，他看见围墙旁有一口灰石砖砌成的井，而比利时男人正在一群当地人的鼓噪下，穿戴了整套的安全装备，安全帽、护膝，并把四五条绳索绑在腰际。

“你在干什么？”历史学家吃惊地问，慌乱间却不知道该不该阻止他。

“你看！他们有进入井底的探险活动啊！”他理所当然地指着旁边工作人员，那些人正在帮他检查绳索。

这可不是普通的井，一个年轻的工作人员告诉历史学家，这口井大约是17世纪开凿的，当时的城主和土耳其俘虏达成了协议，如果能将井挖到底，就还给他们自由。这是个关乎生命的约定。

17年，他们总共挖了17年，竟真的挖出了这条近150米深的隧道。据说，这口井其实是城主为逃难而建的密道，所以俘虏最后还是随着密道的完工而被灭口。工作人员解说时，比利时男人也总算着装完毕，他谨慎地攀上井口，仰起头，对历史学家露出一个疯狂的笑容，随即收敛表情，双眼紧盯着下方的深渊。

欢呼声中绳索缓缓垂下，在降落十余米后气氛陷入了静默，围观的群众目送他的身影逐渐消失在井底彼方的黑暗里，唯一可以确认的，只剩下绳索还在沉默地放长、垂落。历史学家原本的担忧，渐渐被无限的遐想分了神。

到底比利时男人会在井的尽头看见什么？是城主逃出拉斯诺夫的踪迹？或许是条死路，土耳其俘虏17年的努力终究没能离开拉斯诺夫。

暮光之城

在特兰西瓦尼亚的深山中有座古老城堡，它隐没在繁密的树林后面，唯有几座红色的尖塔和部分苍白墙壁透出林木的包围，它就是吸血鬼城堡——布朗城堡。

历史学家说，现在谈到吸血鬼，都会提及斯蒂芬妮·梅尔（Stephanie Meyer）的《暮光之城》系列。大多数人都是通过爱德华来认识吸血鬼的。其实更久之前关于吸血鬼的传说并不是由斯托克创造的。各国的乡野传奇里都有不死族，诸如埃及的木乃伊、中国的僵尸和欧洲流传的科学怪人，等等。种种尸体不腐，死者复苏的谣言，早已铺陈了吸血鬼故事的大纲；只是当吸血鬼德古拉的习性被斯托克详细地“揭露”后，人们才普遍认可了不死族畏惧阳光的特性，也同意了邪恶会借由鲜血传染的说法。

来自特兰西瓦尼亚的德古拉伯爵是来自黑暗的势力，这个概念迅速获得了全世界人民的回响，多少故事被带入了吸血鬼的传说，再被添加上不同的设定，每个剧本的诠释也各自不同。只是回到德古拉城堡，看看传说源头是什么样貌，那才是历史学家真正想探究的真相。

“布朗城堡？你一定会失望的……每个人都会失望，不过就算我这样说，你也还是不可能不去吧？”比利时男人在拉斯诺夫这样说。

离开拉斯诺夫城，小巴士继续行驶在开阔的原野上。

这是块寂静的土地，更远的正前方是低矮的山区，最远处甚至有座积雪的高山，布朗城堡应该就镶嵌在山与山间的缝隙里，历史学家猜想。

半小时后，巴士硬生生地停在道路的中间，葱绿的田野边，司机打开了所有车门，率性地走下车到路旁抽烟。历史学家诧异地看着这一切发生，不过其他乘客却没有露出不耐和烦躁，整车的人就只是安静地等待，等司机休息完。这感觉好像时间被按下暂停键，空气被凝固在这片原野之上一样。

历史学家最后还是耐不住性子，也走入了草原的波浪中。微风吹拂过他身畔、吹进车厢，近乎停滞的时间好像又再度涓涓滴答。

十分钟后再次上路，巴士驶入了前方的谷地。原本空旷的草原好像被施了魔法，凭空变出了一座怪异的城镇。山谷两旁有高档旅社、咖啡厅、冰淇淋店以及售卖各种吸血鬼装和模型的纪念品店。店员们装扮成吸血鬼的样子，站在店门口挥舞着黑色披风，微露出尖锐的利齿，一时之间像是万圣节的变装市集，群魔乱舞。

而令，在布朗城堡的山丘下修建了一个美丽的公园。那里有石头砌成的水池，挺拔的树干攀到布朗城堡脚边，城堡前是条绿意苍然的坡道，旅行团的游客在导游的带领下朝着布朗城堡行进。山坡上，城堡露着从岩盘里劈出的基座，一如在山壁上建城时劈出的原始模样。

布朗城堡的主体几乎被尖塔和高傲的围墙包围。据说在最早的设计中，布朗城堡是没有入口的，或许只在某个地方有个隐密通道，让外人都不得其门而入，只能等城内的人放下绳索把访客吊进去。可以想见，这种设计体现了城主对外界的高度戒心。

导游说，这种设计是德古拉伯爵杀人无数，疑神疑鬼所致。

德古拉城堡现在的入口在城堡后面，当地人规划了一条引导观光客参观城堡宫殿的路线。路线说起来也很奇妙，经过半小时后，历史学家才警觉地发现，布朗城堡的规模明明并不大，但不知为什么却走不完，内部的廊道竟像迷宫般无止无尽，颇具建筑巧思。房间是单向排列的，在环状的堡垒内随阶梯逐渐盘旋而上，因此塑造了古堡庞大的假象，即使堡垒被敌军攻破，敌人一时半刻间也不容易探遍城堡。

讽刺的是，布朗城堡外的小镇上到处是吸血鬼的装扮，但城堡内却几乎没有任何吸血鬼的痕迹，说是“暮光之城”，更像是由政府和旅行社合作的观光骗局，把全世界的吸血鬼信徒骗入这个叫做布拉索夫的陷阱。

布朗城堡建于14世纪，在德古拉伯爵家喻户晓之前，究竟是什么让布朗城堡成为了现在的暮光之城？导游的说法是，斯托克是在参考了布朗城堡的格局之后才创造德古拉故事里的吸血鬼大宅的，从而从外观到内室，全方位地实现了成千上万书迷的想象。后来罗马尼亚人索性就把它当作吸血鬼城。这是彻彻底底的营销手段，历史学家早就知道斯托克本人从未走访过布朗城堡，凭空创造出的德古拉城、豪宅云云，不过是穿凿附会罢了。

多数学者认为，德古拉毕生都在瓦拉几亚作战，他本人从未真正到过特兰西瓦尼亚；但也有人不死心，说是土耳其军队攻破瓦拉几亚那天，德古拉撤退到布朗城堡，有个罗马尼亚人还告诉历史学家，德古拉曾在这里吃他最后的晚餐，那是1462年。

所以历史学家说，布朗城堡完全没有想象中挥之不去的阴森氛围。实地走访一遭，历史学家认为这里和书中格局宏大的吸血鬼城，仍有不小的差距，餐桌上光影摇曳的蜡烛被黄灯泡取代，布置得洁白无瑕。

比起充满神秘感的德古拉伯爵，历史学家在布朗城堡里看见的说明牌更多的是关于真正的城主，哈布斯堡王朝时期的玛丽皇后的。

哈布斯堡王朝在赶走土耳其人后，坐拥布朗城堡很长一段时间，当时的布朗城堡是皇室夏宫。第一次世界大战结束后，流浪的皇族玛丽从1920年起入住布朗城堡，城堡的房间里展示的大多是她的卧床、餐桌，直到1947年废除皇室后，布朗城堡才收归国有。

在房间中打了几个转，最后面的书房看似是个死角，但墙后却有一条通往上层的密道。这狭窄的密道是以石砖砌成，通道内光线昏暗，一直通往阁楼的顶层。历史学家推开阁楼的密门，映入眼帘的首先是书房和琴房，房间外面就是防御性的角楼，从角楼向外看去，山下一片开阔，入侵城堡的敌人完全无所遁形。在这个小小的庭院里，就可以进行压制性的攻防战。

角楼的另一侧是瞭望台，可以俯瞰山谷的入口。现在这里不再是战争之地，随着旅游业兴起而蓬勃生长的城镇塞满了山谷，构成了一幅足以媲美阿尔卑斯山系的原野风光。

布朗城堡的最高处是内藏螺旋式阶梯的尖塔。塔身的墙壁是灰白色的砖石，楼梯地板是木板搭建成的。在尖塔的阁楼里，终于再次出现了和锡吉什瓦拉如出一辙的德古拉肖像画。画的旁边是取自好莱坞剧照、照片的图片，每幅图里的吸血鬼都夸张地张牙舞爪着。

真正的德古拉和他的暮光之城，至今仍是个谜。

第四章　瓦拉几亚

喀尔巴阡古堡位于奥尔加勒高地之巅，景色奇特壮美。从高楼的塔楼顶端平台向外望去，远方重峦叠嶂，视野开阔。古堡后面，山峦连绵起伏，支脉横生，那里就是瓦拉几亚公国的边境了。

儒勒·凡尔纳(Jules Verne)《喀尔巴阡古堡》

历史学家说他第一次看到罗马尼亚国徽，是在布拉索夫白塔斑驳的石壁上，它分四个篇章述说了国家复杂的过往：旗帜右下角是特兰西瓦尼亚的代表，象征贵族的黑色兀鹫，盘旋在七座塔上；右上角是摩尔达维亚公牛，浑身漆黑，头顶缀着满天的星辰。上方的瓦拉几亚金鹰，是瓦拉几亚的骄傲，也是今天整个罗马尼亚共和国的象征。

瓦拉几亚平原在特兰西瓦尼亚南方，这五百年来，奥匈帝国和土耳其帝国隔着喀尔巴阡山展开拉锯战，有几次，土耳其帝国的军队兵临维也纳，然后又被打回了瓦拉几亚。

住在布拉索夫的那段时间里，历史学家一直在考虑从特兰西瓦尼亚往瓦拉几亚的路程是要走波耶纳利（Poienari）出去，抑或是直接到锡纳亚（Sinaia）。

布拉索夫的夜风很寂寞，深色的天空没有几片云的痕迹。有天夜晚，议会广场人潮散得早，历史学家回到旅社，和柜台值班女孩在庭院里纳凉，聊着布拉索夫无忧无虑的今天。当历史学家趁机打听波耶纳利时，女孩皱起眉头思索着，然后站起身，带历史学家去看挂在走廊里的地图。

她指着瓦拉几亚北边山坳处说："嗯，有了，大约是在这里……但你真的要去吗？很少有人去波耶纳利唷！我在这里一年，也只知道有三个背包客到过波耶纳利。"

"你知道他们是怎么走的吗？"历史学家感到心痒难搔，问得相当急切。

"不知道……我很抱歉，这我不太清楚。"女孩温和地对他笑笑，回到庭院找了衣架旁边的位子坐了，留下历史学家站在走廊上沉思着。

地图旁边贴着一张波耶纳利的照片，画面是一片躺在山丘顶的废墟，波耶纳利是德古拉真正的皇宫。历史学家最偏爱的一个传说是这样的：据说有一次德古拉在瓦拉几亚击溃土耳其军队凯旋回归城堡时，却亲眼见到王妃从波耶纳利城堡的高墙上跳下，原来土耳其人放出德古拉战死的假消息，骗得王妃自杀殉情。

自杀是无法得到上帝宽恕的，王妃不能以教会礼仪埋葬——这是多么讽刺啊！德古拉为保护上帝而战，而他的挚爱却被上帝遗弃，伤恸之下，曾经高贵的皇族背叛了信仰，拥抱着血腥的诅咒，从而诞生了吸血鬼的始祖：德古拉伯爵。

传说为德古拉伯爵的事迹平添了几分慷慨悲壮，而波耶纳利，至今仍是鬼影幢幢。

喀尔巴阡山的珍珠

柜台女孩是布拉索夫当地人，热情、吵闹，历史学家入住时，她介绍说，鉴于罗马尼亚交通不便，布拉索夫一般民宿都会提供套装行程，里面包括特兰西瓦尼亚的三座老城：布朗城堡、拉斯诺夫城，以及坐落在锡纳亚的佩雷斯城堡（Peles Castle）。

这样的行程相当划算，多数观光客都会报名参团。然而这阵子布拉索夫没什么其他观光客，女孩建议他：“你可以考虑自己去呀！”还怂恿他说，“锡纳亚号称喀尔巴阡山的珍珠，是特兰西瓦尼亚最美的城市喔！”她叨念着可惜，许多观光客都直驱佩雷斯城堡，如果有时间，为什么不亲身体验被喀尔巴阡山包围的感觉呢?

真是言之有理。第二天历史学家踏上旅程，再度进入喀尔巴阡山。

巴士行驶在布拉索夫南方的平原上，随即陡然拔升，沿着喀尔巴阡山的侧峰攀爬上壮丽的山壁公路，直到海拔约略于绵延不尽的山脉，公路才转进了谷地。山谷两侧被墨绿色的高山包裹，山外的世界很快就被遮挡，前方的更远处，山顶覆满了白皑皑的积雪。

这里是属于锡纳亚的世界，沿途的木屋带着点儿度假别墅的味道，甚至可说是高雅出俗的气质。靠近锡纳亚的最后10千米，历史学家右边那位不精通英语的老婆婆忽然激动地把他拉近窗边，指着遥远山崖咿呀咿呀地乱念，然后在胸前画十字。老婆婆一直紧握着历史学家的手掌，颤抖从指尖传来。

隔着脏污的玻璃窗，历史学家眯起眼，看见崖壁的顶端有个模糊的十字架形状的标志，若隐若现，几乎撞到了天空下低压的浑浊云朵了。

啊！原来这就是锡纳亚的圣十字架（Sinaia Cross）！

老婆婆看着十字架，眼中满满是虔诚的美丽光彩。锡纳亚的圣十字架是喀尔巴阡山的象征，在许多未证实的传言里，十字架所在的位置曾有座古代城市。还有人说，十字架是当年的锡纳亚居民向土耳其帝国军队对宗教的坚定信仰的宣告，种种传闻更增添了十字架的魅力。

总之，十字架已在锡纳亚镇的上空守护了几个世纪，天气好的时候，距离锡纳亚十几公里的地方都看得到那个标志。再过两三个山谷，巴士停在罗马尼亚最美的火车站前：车站本身是一幅画，对面的阶梯也是一幅画，锡纳亚街道就是最美的画廊，当山风温和地拂过喀尔巴阡山时，这幅美丽的画就会随风摇曳。

整座锡纳亚是沿卡罗尔一世大道建设的，空气清新，行道旁树木苍绿。在道路的终点，城市最边缘的地方是缆车总站。它在一条斜坡的尽头与翠绿色的树林比邻，从锡纳亚再往上，海拔一千米和两千米处各设有一个缆车站，乘坐缆车几乎可以攀到布切吉山（Bucegi Mountain）的最高峰。

车厢很陈旧，厚玻璃被指印印得花成一片，用粗糙的铁栏杆焊接玻璃外的防护栏，再挂上一层铁丝网。厢内每个人占个角落，车顶喀啦一声响，摇摇晃晃地就被拉上去了。

走出海拔1 000米的缆车站，历史学家和同车厢的旅客很有默契的抖了一阵儿，这里的气温比锡纳亚低了好几度。顺着山壁看，缆车线继续向上延伸，下一站应该坐落在冰天雪地的白色世界吧！空气冰冷刺骨，历史学家把风衣拉紧，这里的海拔虽然只有1 000米，温度却已经是不到10℃的低温了。观光客先后钻进高处唯一的游客中心避寒，沿着山坡地还有几间木屋和卖肉肠的摊贩，给游客一点儿解馋的机会。

从缆车站瞻仰锡纳亚的十字架，视觉上的距离好像更近了一点儿，有些人索性就站在马路正中间，对着隔壁的雪山猛拍照。历史学家坐在路边的白色石墩上，摩擦着双手试图搓出一些温热。木屋的屋檐下蹲着一只壮硕的黑狗，驯服地在附近游晃，这样的温度对它而言大概是最舒适的吧。

山上是严寒。

山下是秋高气爽的季节。

锡纳亚公园正飘散着甜美的气息，空气冰冷、新鲜，甚至是微香的，历史学家从走道出发，顺着公园的斜坡往深山里走去，目标便是佩雷斯。

布切吉山的山路比预想的更加陡峭。布切吉山的第一个弯道旁修建着锡纳亚僧院，一座17世纪的修道院。若非恰好有游览车在门外，历史学家差点儿错过它隐密的入口，僧院仍活跃地运作着，几个年轻修道士正殷勤地清扫着洁净的庭院。

和煦的阳光，此刻正洒在沿途的红屋顶上，山上的房屋不比镇上典雅，泛白的围篱上常趴着猫，猫儿们沐浴着暖春的阳光，完全无视了历史学家在村庄房舍间的漫步。

佩雷斯藏在布切吉山的内层山坳，在这样幽静绝美的山谷，却有极不搭衬的络绎不绝的旅行团。佩雷斯城堡并不是和特兰西瓦尼亚的“七要塞”同样古老的战略要塞，1853年克里米亚战争（Crimean War）后，罗马尼亚独立时机成熟。卡罗尔一世，在1881年宣告罗马尼亚王国建立，于1875年建造这座佩雷斯城堡，从此佩雷斯城堡也成为了罗马尼亚王室的夏宫。

如果说布朗城堡融入了喀尔巴阡山岩脉的阴影，掩藏在繁茂的林木后；那佩雷斯城堡则更像一只刻意炫耀的美丽孔雀。它有精细到极致的侧墙，有黑白线条刻画、勾勒的塔楼……庭院中专属于皇室工艺的精致雕琢，每个细节都蕴含着优雅的美丽。

对历史学家而言，佩雷斯是他来欧洲见到最古典的城堡，它拥有真正的古典欧陆宫廷的气势。他想，他真的可以体会到欧式城堡的梦幻印象对东方人是怎样的魅力。如果今天他只是单纯的观光，或许要的也就只是这一刻难得的体验吧！

不过这不是历史学家企求的。他只是坐在庭院石阶上，仰头欣赏着城堡每一道线条的优雅。即使它深藏在崎岖的布切吉山，如此瑰宝，也让佩雷斯的光彩完美无瑕。

喀尔巴阡山的珍珠，谁能说名过其实呢？

东进鞑靼

从锡纳亚到布加勒斯特不是很远，离开喀尔巴阡山，瓦拉几亚平原上的画面基本就没有繁复的变化，草原、丘陵、附带偶尔白色的房舍或淡灰的工厂。火车开得相当慢，拖曳出一串孤独沉重的身影往南而行。

抵达布加勒斯特月台时已经很晚了，街上到处是裹着深色大衣的身影，历史学家记得来东欧前，曾怀疑过东欧夜晚的安全，认识的罗马尼亚人告诉他：“布加勒斯特？没危险吧！”但历史学家还是在外衣口袋里藏了一罐防身用的喷雾。后来Roxy看到了那个瓶子，先是满脸疑惑，紧接着便毫不留情地开怀大笑。

“你还是留着对付野狗吧！”Roxy安慰他。这时他才知道布加勒斯特野狗的凶悍，几年前，甚至还发生过日本人被野狗咬死的事件。

布加勒斯特这个名字的由来，据说最早是牧羊人Bucur在此盖了一间教堂，之后人口渐多，逐渐成为壮观的整片城镇。Bucur是欢喜的意思，布加勒斯特也被称为欢喜之城。身为罗马尼亚的首都，现代化程度当然绝非特兰西瓦尼亚可比拟。

在布加勒斯特，没有标志性的要塞大教堂，也没有拱卫城池的围墙、碉堡。一座现代化的首都，应该全是装着玻璃窗的商业摩天楼吧！但布加勒斯特却少有这类建筑，它的市政府像博物馆，银行像博物馆，而真正的博物馆却像宫殿。市区里最常见的还是教堂，教堂后墓地里的十字架上花花绿绿地挂满了装饰，相当引人侧目。

汽车在不平整的柏油路上纵横，道路下方，地铁网络紧扣整座城市的动脉，布加勒斯特的地铁像是久未清洁，磁砖变成了黄灰色。幸好，地铁的出口处往往有几家洋溢着芬芳气息的花店，玻璃屋里里外外插满了甜美的花束，为城市增添了浪漫的色彩。

在地铁站外，历史学家住的是一栋三层楼的老旧公寓，外面有扇生锈的栅栏门，他伸手抓住栅栏门往前推，门“咣当”一声向内敞开，里面的玻璃门后是个回旋楼梯，楼梯间里灯光很黯淡，每踏上一步，脚下都回荡着木板承受压力的惨叫，建筑物内的昏黄墙壁让历史学家想起了曾在俄罗斯见过的旧公寓，其情境也是这般的压迫。

那天，历史学家在旅社上网收信。他发现信箱里竟然有朋友在问他的行踪，他心中闪过一丝讶异，但更多的，是惆怅。

听历史学家说，前几年的他一直都率性地活着，直到某天有个朋友对他说：“你只是在过自以为是的人生！”那位朋友说得实在，但从那天起，他才发现自己真的一直在选择离经叛道的路，那是一条死路，注定了自我毁灭的未来。

历史学家开始看见自己另类的生活方式，他没有和其他人一样循着所谓的社会期待往前——他活得很是悠然，那些“安稳的工作、存钱买房子、成家立业”

的标准流程，离他的未来逐渐远去。这并不代表他不在乎自己的未来，与其说他的潜意识选择了挥霍“各种可能”，不如说他其实没有选择的余地。最后他对故乡越来越绝望，这座城市让他像只仓鼠般追着没头绪的日子打转，然后再狠狠地伤害他。

他仿佛可以听见未来崩解的声响，听见内心里挣扎的呐喊，却很无力，因为什么也无法去改变现状。然后他只想逃离故土，他想起了特兰西瓦尼亚，一个吉普赛人最多、无法解释的故事最多，最不可能存在所谓的规范的国度。

选择逃避、选择封闭，这竟成了他旅行的唯一理由。

他恍神了好一阵子，才从回忆中清醒，看见信箱里还有一封他的编辑写来的信，他好奇地打开，原来是编辑在问他写罗马尼亚一书的意愿。历史学家是很喜欢罗马尼亚的，不过他没有立刻回复那封信，后来也没再想起这件事。

历史学家记得，当时他抵达布加勒斯特才不过两小时，有点儿饥饿，抓点儿钱就去了巷口的超市。超市里提供大包的零食、各类烤面包和三明治，他发现这种商店的构成俨然成了首都生活的构成要素。光论便利，这里就和特兰西瓦尼亚有很大的差异。只不过超市外固定徘徊着好几个老乞丐，历史学家不比Roxy眼光独到，却也逐渐看出城市中为数不少的吉普赛人。

隔天早上，历史学家推开栅门，跟随着地铁刺耳的轰鸣拜访了这座城市的北区。

城北的公寓比较少，更多的是银行、餐馆，以及占地宽广的森林公园。这一带的三条主要道路交汇的广场上有个建筑，外形完全仿效巴黎凯旋门，建于1935

年，但造型粗糙，也因偏离市中心而乏人问津，前面的基谢列夫大道更难以比拟法国的香榭丽舍大道。

公元1877年，罗马尼亚独立，其后布加勒斯特参考巴黎大兴土木，逐渐被称之为“东方的巴黎”，最典型的代表建筑就在市区中心。“国民宫”是世界上最著名的建筑之一，其知名度，仅次于美国的五角大楼。这是罗马尼亚前总统尼古拉·西奥塞古[①]的作品，他极尽奢华地镶嵌货真价实的黄金，吊灯上大小剔透的水晶，各地搜刮来的珠宝在灯光下闪烁。参观国民宫的代价也是不菲的，每层楼都有各自的价码。

几个徘徊在国民宫外面的背包客不屑地劝历史学家别进去了，说国民宫开放有限，过往的浮华也不尽然都能保留，所谓的只可远观焉。西奥塞古是最后一任罗马尼亚共产党总书记，身为旧时代的独裁者，他不遗余力地以个人的狂想装潢着布加勒斯特。

独裁者皆如是，历史学家在别处也看过类似的现象。或许西奥塞古只为了炫耀，这种更像抗衡美国般荒唐的作为，在1989年独裁垮台后，使国民宫沦为一个景点。

大概是国民宫太超乎想象了，有人就传言国民宫地底有间核爆避难所，以备躲避西方国家的核攻击；历史学家听过最夸张的一个传说莫过于国民宫地底有条高速公路，专属于西奥塞古，不管高速公路通往机场、港口还是邻国，只要逃出去都好，显然西奥塞古已能预见革命的那天。

历史学家坐在登博维察河岸边，边遥望国民宫，边啃着火腿三明治。无论国

① “尼古拉·西奥塞古”也译作“尼古拉·齐奥塞斯库”。

AFO SAU N-AFO

民宫曾如何风光，今天，就像个展示窗里的蛋糕，那些骄傲又能如何呢?

运河彼岸是国民宫，另一侧则是溢满法式情调的花街，街上随处都是白色衬衫的服务生和深色的咖啡座，在雕琢精细的洋楼下散发着咖啡香，维多利亚大道是该区的核心，串起了现代化布加勒斯特的时尚。

在以前，维多利亚大道周遭并不是这模样的。听说西奥塞古下令整个城区迁移，然后原地照着香榭丽舍大道建起洋房和咖啡馆。由此可见，此人对巴黎的执着可见一斑，不仅是凯旋门，只要走在登博维察河沿岸，几乎处处可见法式浪漫的精髓。

隔壁巷子正在大兴土木，建筑工人拆掉柏油路，把整条街道铺上可爱的石砖，这里预计也将成为“小巴黎”的一景。西奥塞古已经垮台了，但他的构想却被承接下来，成为布加勒斯特的愿景，而现代的罗马尼亚人也持续朝这个方向努力。从这儿再转个弯，才是布加勒斯特的原貌。

历史学家随手扔掉湿冷的咖啡杯，走进维多利亚大道。

地下皇城

阳光透过灰白的玻璃窗射进来，照醒了历史学家。他起床走上二楼，大厅却早已变成一场“灾难”，沙发上挤满了来旅行的二十几个学生，听说好像是从西欧那边来的。旁边的公用厕所被女生占据，她们对着镜子肆无忌惮地梳妆打扮，然后躺回到沙发和伙伴们继续打闹。

十分钟后，历史学家背起背包，逃出这场“灾难”。

一个城市的变迁有很多种模式，有的是原地反复的拆卸、重建，最后的模样和过去的截然不同；有的则会向某一个方向迁徙，旧址和新区就会在土地表面上刻下岁月的痕迹。

布加勒斯特的旧城区也在登博维察河的河岸边，然而，旧城区却被重重叠叠的新式街道包围，像洋葱一般围了好几层。旧城区是布加勒斯特最深处的秘密，历史学家从咖啡街走进旧城区，寻找整座城市最古老的区域。这里的对比很有趣，旁边围绕的是七彩绚丽商店，而一座废墟就硬是卡在商店街中心，形成了奇特的不协调感。

现在这一带被统称为利浦斯卡尼，整块旧城区最显眼的是旧皇宫教堂，它是布加勒斯特最古老的教堂，建于1559年，土黄色的屋顶、土黄色的圆塔，内部却挂满金碧辉煌的吊灯、圣画，坚守着它的信仰。

教堂对面堆满了大片的断垣残壁，这废墟就是布加勒斯特的吸血鬼城，地下旧王宫。在1459年左右，土耳其攻打到瓦拉几亚，德古拉在这里设立军事前线。也许在不同的时空背景下，布加勒斯特不像现今繁华，反倒更像是特兰西瓦尼亚的古堡。

隔壁是一片颓败的砖墙，裸露出丑陋的石块、褐砖，一座灰色的两层楼房就镶嵌在墙侧，门外有两个罗马尼亚人在逗弄猫咪。他们聊一阵子，回头才发现历史学家徘徊在地下城外，愣了几秒，赶紧和历史学家打招呼，其中一人收了门票，另一个男人则领着历史学家走向地下城入口。

地下城的外面到处堆放着考古学者挖出来的石柱，入口被两扇铁栅栏封锁，地底下的温度比门口处低了一些。一阵寒气从栅栏缝隙中涌出来，有点儿冰冷，是会让人打冷颤的那种。

那男人爬下木制楼梯，从口袋里掏出一串钥匙打开大锁，铁栅栏吱的一声被推开了。男人没有进去，他指着阴森的地下城，回头对历史学家只说了句："就在这里！"说完把钥匙塞回口袋，又爬回到地面上，走远了。

他好像没有要陪着参观地下城的意思，历史学家无可奈何，攀着木梯走进地窖。

地下皇宫里是三排古老的门廊，泥土地上已经铺上了木板，除此之外竟空无一物，这里本来是皇宫的地下要塞，平日作为地窖使用，战时作为避难之用。

历史学家在门廊底部找到复原的结构图，从图上看来，皇宫的夹层还藏有些未开放的区域，包括第二层宫殿、北端宫舍、最古老的皇宫居住区等。此外，小小的告示牌上也贴了一幅德古拉画像。

沿目前开放的区域行走，历史学家绕了三圈地底皇宫看空旷的墙，管理员早已经不耐烦等在门外，等着带他前往没有阴森感的古老上层。

皇宫的上层才是宫殿的本体。今日它却以废墟的状态暴露在布加勒斯特的晴雨下，靠近马路的那侧是皇宫王座，隔着一排称不上完整的墙壁，后面还有一座已经看不出痕迹的礼拜堂。所有裸露的部分都正在沧桑地剥落，砖块裂出脆弱的断面，那些侥幸仍能辨识的雕塑被移到墙角，却丢得满地都是。

站在废墟边缘，历史学家看见对面是间三层楼的餐厅，整片的玻璃窗正对着旧皇宫的平台。他还看见餐厅二楼有对亲昵的情侣在用餐，男子忽然注意到站在

ACASA LA
TATA
SPIRITUL DE
FAMILIE
de Eric Assous
regia RADU BELIGAN
Teatrul
de
COMEDIE

废墟里的历史学家的目光，露出讶异和爽朗的笑容，朝着他挥手。

他们交汇在不同年代的布加勒斯特，往后，这座城市的差异仍会持续下去。

十年不归

地铁里永远充盈着噪声和恼人的锈味，历史学家来到南线的终点站。这一站的大厅特别空旷、寂寞，地板瓷砖和玻璃门都像很少洗刷的浴室一般暗淡，外头更是一整片未开发的土地，杂草起伏在膝盖高处，草丛上是凌乱的木桩与缠绕其上的铁丝网。

那个布加勒斯特的早晨，历史学家收到许先生的电话邀约，说是去许先生位于布加勒斯特郊区的家作客，在这之前，许先生并没见过历史学家。

许先生的夫人也是台湾人。那一餐她特地做了水饺和几道小菜，许先生也拿出高粱酒热情款待。罗马尼亚的中国人本来就非常少，而许先生全家成为罗马尼亚公民已经有将近十年的光景了。餐桌上，许先生偷偷告诉历史学家，申请罗马尼亚公民的最后一关，主审官曾问他一个关键的问题："你为什么想成为罗马尼亚人？"

在酒精催化下，许先生的圆脸兴奋得隐泛红光："你不要看罗马尼亚人好像都冷冰冰的模样，其实他们爱听那种没什么道理，却让人热血沸腾的答案。当时我回答他，我想成为第一个入罗马尼亚籍的华人。"

于是，主审官把章盖了下来。

历史学家听完忍不住抚掌大笑。

许先生夫妇有三个可爱的孩子，他笑着说，如果罗马尼亚有海外同乡会的话，他们家也许就可以占一半以上。布达佩斯以东，也许只剩许家能援助华人朋友，这几年来常有背包客受许先生照顾，这一点，历史学家也很快深刻体验到了。

许先生以海外华人的视角，分享了许多他看到的罗马尼亚逸趣，他向历史学家极力推荐布加勒斯特的革命广场："你真的该去看看，当时罗马尼亚人推翻西奥塞古的专治就是在广场上鸣枪的，在那之后，罗马尼亚才走出自己的路，这是很值得纪念的。墙上的弹孔都还留着，你甚至还看得到、摸得到。"

历史学家耸耸肩说："我还会再留几天，或许会去看看。另外，我听说德古拉死后，被葬在布加勒斯特附近，你知道那是在哪里吗？"

许先生的神情显得很复杂，他犹豫片刻，最后才说：

"既然如此，你要去的地方应该是斯纳格布。"

第五章　吸血鬼之墓

文字记录说他埋葬在这里，在祭坛前面，新教堂盖在墓地的地基上，以免惊动他的墓。

伊丽莎白·科斯托娃(Elizabeth Kostova)《历史学家》

旅行有时是没有经纬度的，在地图上拉扯出一条条错乱的线条，画着旅人的轨迹。多数的轨迹可以被再解释，解释旅行中离奇的心路历程，旅行一向就是这个样子。

但在罗马尼亚等待历史学家的，却从来不是那种的旅行。

一路从锡吉什瓦拉、锡比乌、布拉索夫，来到布加勒斯特，历史学家说，他沿着时光流转的隧道走，古老的中世纪要塞以教堂为中枢，在近代逐步扩建成一片城镇的概念，红砖瓦从围墙内蔓延出去，另外形成所谓的新城区。而布加勒斯特，很典型的，完全是罗马尼亚现代化的脸孔。

追忆过往数百年沧桑、无数的征战，罗马尼亚人早已习惯坚忍与卑微，他们的谚语倾诉着：“低垂的头颅不会被砍。”相较吉普赛人的豁达另有一种淡淡的辛酸。

这二十多年来，整个瓦拉几亚不断被开化和翻新，至今仍苦苦追赶着西欧国家的步伐。在文化、科技、经济冲突下，滋生了以前所不存在的议题，许多暗箱行为依然繁衍于模糊的地带。

历史学家很早之前就注意到，除了吉普赛的民俗之外，罗马尼亚在影展的另一类主题就是社会现象，描绘西奥塞古时代末期的过渡状态，比如说《四月三周又两天》谈堕胎、《警察形容词》谈社会警察的手段、《她和他和他和他》谈恶劣的人口贩卖，近几年偶有所闻的新闻大多集中在瓦拉几亚，尤其是濒黑海的康斯坦纳。

布加勒斯特的晚上，历史学家常伫立在阳台边观察整条街的行人，看他们一一消失在暗巷里，不知道是否是他的想象，他总觉得那些路人连交谈都带着些许鬼祟，让他不太舒服。

另一位背包客丽塔对黑海岸有很多心得，她告诉历史学家，黑海岸可以比拟成罗马尼亚的垦丁，是他们青少年的聚会圣地。适逢旺季时节，看得到不少放纵荒淫的聚会，从不同的角度看来，都和罗马尼亚其他古老的地区格格不入。

这才是罗马尼亚真实的面貌，丽塔笃定地对历史学家说。

赫雷斯特劳湖畔

丽塔是个资深的记者，平常的工作就是采访、采访，跑新闻好几年，这次难得有个放长假的机会。她原本压根儿没想到会来罗马尼亚漫游，明明前几天还在意大利旅行，却遇到有旅人怂恿她，说罗马尼亚这几年刚开化，物价还不到西欧的一半。丽塔算算，假期还剩半个月，下一刻就糊里糊涂地坐上了开往布加勒斯特的班机。

从北部边境开始，丽塔一路往南旅行，最后回到布加勒斯特，匆匆走过几个古老的地带。在罗马尼亚的最后一天，她逛到“凯旋门”和赫雷斯特劳湖的附近，这块湿地，许多人管它叫布加勒斯特最美的村庄。

但它却是写实的博物馆，名称是“乡村博物馆”。

正因为罗马尼亚的幅员辽阔，各地的乡村才各异其趣。东北方的摩尔达维亚，在16世纪建起如今被人称为彩绘修道院的建筑，藏有全世界独一无二的湿壁画；西北方遥远的马拉穆列什在特兰西瓦尼亚外围，有8个木制村庄并列在世界遗产之列；更遑论多瑙河的出海口，渔村与湿地不断地冲刷、延伸。一个国家内竟有多种乡村风情，这一点深深地吸引了丽塔。

是否有些村庄地处偏远，与世隔绝，独立得仿佛不属于本世纪的城镇？今天许多罗马尼亚人竟然不知道古老乡村的存在，那种漠然让人讶异，丽塔在西欧遇到的罗马尼亚人甚至没听过马拉穆列什，究竟是国界太远，还是隔阂太深？竟让他们连自己国家都不了解。

乡村博物馆就是这样一个简单的微型村落，一方面浓缩了罗马尼亚几个世纪的形态，这是它身为博物馆的样貌，最简单的房舍只有泥草覆盖，屋檐与人齐高，最复杂的有两层白色砖墙，庭园栽满绣球花；另一方面，这里住满了全国各地搬来的居民，摩尔达维亚高顶屋也能和马拉穆列什水车比邻而居。

在地道的村庄里，连员工都纯朴得非常自然，他们会隔着篱笆闲聊，用丽塔听不懂的各地方言谈笑，说的可能是相隔数千千米之外的乡野奇谭。

常有包着彩色头巾的老妇人，卖从鸵鸟蛋到鹌鹑蛋大小的彩蛋，还兼卖一些瓷碗木杓。隔壁房舍的鸡群在道路两侧警戒地张望着、小心翼翼地踱步在风格迥异的农庄间，仿佛有点儿困惑，有点儿不安心，直至此刻还是难以接受为什么会在这里。

乡村给人一种平静、稳定的安心感，无法解释的美丽，丽塔漫步在两排原住民茅屋之间，放大每个好奇的细胞。旅行总是会有接连的惊喜，至于困惑的现实、黯淡的未来，都等今天过后再说吧！

再返回市区，丽塔并没有走回旅社，虽然隔天她就得去赶飞机，从罗马尼亚重返她的工作岗位，但她不想浪费假期的最后一晚。她想起这时候最适合到“啤酒马车”喝一杯。这家知名的餐厅是布加勒斯特最古老的酒馆，也是美食招牌、旅行团的常驻点，这里的猪脚和啤酒是风靡全国的美食。

柜台边挤满了穿着白衬衫的服务生，他们殷勤地从橡木桶倒酒给丽塔，她抱着大啤酒杯沿扶梯走上楼。在靠大厅的座位，有个人霸占了最好的位子。他也同时看见丽塔，互看几秒之后，他们立刻就知道对方是来自同一个国家的人了。

旅人的名字是历史学家，他告诉丽塔，他也刚从特兰西瓦尼亚过来。

他们占着这个位子，很快桌上就出现了面包汤，这种汤被盛在掏空的面包盅里，用汤匙挖着侧面的白面包搭着吃，汤里面有豆类和各种蔬菜；旁边盘子里堆满的是罗马尼亚最常见的肉肠。每个地方烤出来的肉肠口感也都大不相同，比方说现在的肉肠是用韩国菜卷包着，吃起来味道很是扎实。

他们刚吃完一桌佳肴，节奏轻快的音乐声就从楼下传上来，不断引来闪光灯，白衬衫的男舞者和清凉火辣的女郎正在跳舞，两脚踢踏哒哒作响。丽塔见到婀娜的女舞者在观众席穿梭，便怂恿历史学家去邀舞："去啊！难得来罗马尼亚，不去会后悔喔！"

历史学家无奈苦笑："我又不会跳舞。"

"我看她好像是吉普赛人，"丽塔斜着头看楼下，"你可不是每天都有机会和吉普赛女郎跳舞吧？"这理由倒是很有说服力，历史学家灌一大口啤酒，趁音乐空档上前，腼腆地问女郎："May I？"丽塔听到这句，在他后面笑弯了腰，她心想历史学家这人未免也太害臊了。

女郎瞪大眼愣了一下，嫣然一笑大方地牵起历史学家的手，随音乐翩翩跳起传统的探戈。

旅行就是这样才有趣，在那一瞬间，丽塔把假期结束的念头抛得远远的。传统舞蹈的表演是整晚的高潮，大厅里，观光客们都捧着照相机，对准吉普赛女郎尽情地拍照。等旋律断在尾音，那些旅行团才陆续被导游带离场，然后当地人接棒进来买啤酒。

当然，丽塔也不急着走，她问历史学家："你之后要去哪边呢？"

"我不确定，但我还会在布加勒斯特待几天。"历史学家咽了一下口水，把去斯纳格布的计划吞下去。

"你现在有回台湾后的打算吗？"

“这就等我旅行结束后再说了。”历史学家更是有点儿不安地回答。

“真好啊！如果还有假期的话，我好想留在黑海多待几天……”丽塔没有注意到他的窘迫，心不在焉地看着快顶到她下巴的啤酒杯。

半个月前，丽塔的旅行也是从“啤酒马车”开始的，她边说边回忆着。隔天，她就拖着行李，打包好“啤酒马车”的猪脚和红酒，搭上开往北方的列车。

她的目的地是摩尔达维亚，罗马尼亚的极北之境。

丽塔的旅行

夜车在凌晨五点抵达摩尔达维亚的苏洽瓦，我和同伴们才进车站，凛冽的寒意就灌醒了我们的神经，尽管南方布加勒斯特的人已换上夏装，此时的北方却在上周才刚结束雪季，一片寂寥的模样。

这座城市仿佛未从冬眠中苏醒。

摩尔达维亚最有名的就是精致又有点儿斑驳的湿壁画。壁画上的题材通常是天堂与地狱之门，地狱画满了灵魂在地狱之火中的惨况，天堂之门则是在劝人为善，有的壁画会画基督的族谱(family tree)，有些绘画是描述建造者的丰功伟业，其实，这些建造者都是历代摩尔达维亚公国的领主，这些壁画难免有歌功颂德之意。

入夜后的摩尔达维亚更酷寒，我们居住的民宿很传统，在地下室堆积木材，用以燃烧取暖和发电。主人很热情地拿一瓶酒开给我们，让我们暖暖身子。

“Polinka！”他说，意思是他的私酿酒。

司机载着我们，在摩尔达维亚参观了作为世界遗产的五间修道院，有些修道院参杂着圆球装饰、土耳其蓝，铭刻着曾经被土耳其统治的痕迹。

有次和司机约好在教堂前集合，等了10分钟，却不见司机现身，我们再回到教堂祈祷室，看见司机在祭坛前祷告，泪水流淌在脸颊，修士正低声和他说着什么，我不敢去打扰他们，旁边的修士告诉我们，司机的身体最近出现问题，很让他感到心烦。

在这样的地方，信仰的力量往往超越一切认知，当地人对宗教的态度维持着千年一贯的虔诚，借由此获得他们心灵的慰藉。

从地图上看，摩尔达维亚和马拉穆列什相邻，但中间是喀尔巴阡山山脉，大山劈开了两种文化，直到现在都还是隔绝的不同世界。我们搭乘一天一班的公交车，从灰黑的摩尔达维亚来到青绿的马拉穆列什。

我们落脚在马拉穆列什的首府巴雅马雷，但后来大多时间都耗在希捷图这个小镇。希捷图在马拉穆列什的最北端，隔座桥就是乌克兰领土，我想这样的乡村，正是彻底印证偏远、纯朴的同义词，在广大的原野里除了小木屋外，只剩下未开发的美丽大自然。

大老远来希捷图，总不是只为了不断“复习”木制教堂吧！我们的目标在希捷图外独特的欢乐墓园，光听名字就够吸引人了。司机带我们来到色彩活跃的墓园门外。

这些欢乐墓园的墓碑都是艺术品，有着五彩缤纷的十字架，正面的瓷砖绘画述说死者生前的职业，连家庭主妇都不例外。我找到一个家庭主妇的墓碑，上面画着缝纫机，背面说的是死者的死因，搭配着墓碑工匠诙谐的旁白。最著名的莫过于一座画着酒瓶墓碑，旁白说的是“我爸爸叫我不要喝太多酒！”此人死于瓶中物，相当有警告意味。

欢乐墓园的精髓就在于那些墓志铭。中国人常说死者为大，对死者总是保持严肃的态度，而希捷图当地人很早以前就用幽默的方式面对死亡了，那些墓志铭的口吻甚至有点儿嘲讽，只可惜墓文尽是罗马尼亚文，若不是导游翻译，我们也不能领会其中意义。

导游司机说了，以前当地人在欢乐墓园里随便葬，不需要有稀罕的理由；这些年来，欢乐墓园的名气逐渐远播，从布加勒斯特来希捷图路途不短，但仍有许多欧美观光客来访，现在这里早是一墓难求了。

我觉得，马拉穆列什的优雅、简单美是散落在生活的每时每刻的。在山路的转角，忽然跃出的纯粹天然的景致，一般不会出现在旅游书中，若非本地人的热情，我可能一辈子都无缘见到这画面。

在这几天里，司机带我们去过不少地方，比方说有一次他将车停在一段稀松平常的上坡路上，司机在马路上横放一个酒瓶，酒瓶竟然咔啦咔啦的往上坡方向滚动，就好像罗马尼亚版的水往上流。司机以为这很稀奇，还得意洋洋地看着我们。还有一次来到制造羊毛的当地人家，在他后院里，有个穿紧身裤，八九十岁的老婆婆正在编织羊毛衣，旁边架子上晾着漂洗过的羊毛串，在乡野的微风中飘着。

离开马拉穆列什到特兰西瓦尼亚，我和伙伴的旅行也来到分歧点，他们想看锡比乌的眼睛，而我，想去追逐一个梦想。

我对黑海有种憧憬，几年来看过不少以康斯坦纳为背景的电影，就想象坐在海滨看黑海的浪漫，于是当我朋友提议去锡比乌，我却宁愿把假期的最后几天留给黑海。这可以称作是对黑海的情结吗？我不确定，分道扬镳后，我独自搭乘火车经过首都布加勒斯特，慢慢开向东方海岸边的康斯坦纳。

冬季刚离去，黑海还没到度假的季节，或许此刻才有更纯粹的真实，充满着另一种美。我从旅社租借了一辆自行车，骑上10千米的路，往玛玛亚（Mamaia读音就是妈妈呀）海岸线的方向骑过去。

那时候的我一直咒骂自己是疯子，就因为一个幻想，还以为在黑海岸骑自行车是很浪漫的一件事，任许多路过的当地人嘲笑。也不记得是骑车骑了多长时间，总算看见堤坝和海滩的踪影了，再往前就没有路了。我身心一阵舒畅，跳下车，顺着堤坝下海滩的路走，脚趾头渴望着亲吻黑海与多瑙河冲积沙子的咸味。

我推着自行车，站在玛玛亚的沙滩上，看黑海的潮汐缓缓逼近、退却，传来遥远的海浪声，轻轻的，捎来地中海，甚至是大西洋的信息。

黑海边，我只能陷入似乎是和海洋同调的某种催眠节奏。

无远弗届。

斯纳格布大冒险

丽塔说完她的旅行，“啤酒马车”欢乐的音乐还没停歇，历史学家静静地听着那些与他无缘的地名，旅行当中，每个人多少都会取舍，以故事换故事、以地名换地名，彼此分享不同的世界也是乐趣。

尤其对历史学家而言，他独自旅行了这么久，已经有一段时间没放开心笑着聊旅行了，渐渐的，他没办法专心听丽塔说的话，于是推托说他累了。

时间将近十点，像他们这样的东方人是不该在酒馆逗留太晚的，他们付了账，推开“啤酒马车”的玻璃门。历史学家先送丽塔到旅社附近，接着搭地铁回到自己的旅社。来到那扇熟悉的铁栅栏前，大概是那些学生还在狂欢，大厅里只有值班的服务员在看电视，回归该有的宁静，历史学家正好可以专注地思考明天的路线。

根据传说，要前往德古拉坟墓，必须先找到斯纳格布湖。

斯纳格布位于罗马尼亚首都布加勒斯特的北方，约一小时的车程。几乎所有布加勒斯特人都知道，斯纳格布被普遍认为是德古拉最终的葬身地，墓地就在湖泊中心的岛屿上，也是德古拉盖了这座斯纳格布修道院。

探索德古拉传说的信徒，最终都必定踏上斯纳格布岛，那不只是代表德古拉安息的坟墓，更是圣地，一块被世界忌讳的神秘岛屿。

历史学家向旅社值班的柜台服务员询问斯纳格布，那个中年人摇摇头，他解释说他不知道该怎么说明斯纳格布周遭的地理位置，罗马尼亚人如果想去，都必定会开车，但也并非全然无法可想。几分钟后，他递给历史学家一本笔记，是之前有相似际遇的旅人留下的关于斯纳格布的记录。

笔记上没有地图、没有地标，只用各种粗糙名词串联出路线，诸如铁轨和码头之类的，历史学家一整晚研读着艰涩的记录，以想象的方式虚拟计划，多数文字还是完全无法理解——旅行偶尔会遭遇困惑，但这无法阻拦历史学家的决心。

隔天是2011年5月13日，黑色星期五。

历史学家做足了准备，搭乘地铁再度来到"凯旋门"附近，再往北走，经过赫雷斯特劳湖畔和乡村博物馆，已经是市区的外围。环岛附近有巨大的花旗银行和旅馆，历史学家花了半小时才找到向斯纳格布发车的公交总站。它隐藏在一片小树林后面，除了公交车、小巴士，还有固定路线的轻轨电车。

他在车站等了十几分钟，总算盼到前往斯纳格布的小巴士驶进站，司机打开前车车牌的背光，屏幕上的灯炮疯狂闪烁，班次是444。

444?

历史学家当然不是个迷信的人，但当车停在眼前，历史学家还是直觉地愣了一下，差点儿忘记上车。这绝对是巧合，德古拉哪会知道中文的4是不吉利的数字呢？是吧？是这样子吧？他的心中还是掠过一丝畏惧的阴影。

巴士内的布置和历史学家这一路所见的巴士很相似，左侧是双人座椅，右侧是单人座椅，总共不过十多个位子，历史学家坐在最后一排的座位上。在前往斯纳格布路上，陆续有当地人上车，先挤满剩余的座位，再挤满走道，最后的几个人挤在车门旁。他们用罗马尼亚语大声地互相交谈着，内容像是听不懂的密语。

才出了市区，滂沱大雨便开始狂怒地敲击车窗，潮湿从那些乘客的鞋底流泄，在走道上聚成涓涓细流。历史学家懊恼这种窘境，嗅着湿气和他们带上车的怪味，辨识出雨幕外模模糊糊的田野的片段画面、小木屋，再过去就看不清了。

拥挤的雨声中，历史学家试着用最清晰的口语对司机咆哮，斯纳格布、斯纳格布。最后他被放在小村庄的路边，小巴士继续开往下一站。他站在车站边，无奈地环视冷清的柏油路两侧，这里怎么看都像是普通小镇，没有一点儿“湖”的概念，但至少雨停了，天空重新收敛成浑沌状态，历史学家安慰自己。

左右张望半晌，村子里没半个人影，他只得先朝着对街唯一的杂货店走去。

历史学家忐忑地推开店门，差点儿被门口纸箱绊倒。这间店里里外外堆满巧克力、面包，再往里头走，另有一间堆满了白菜和萝卜，旁边有个冷冻柜，里面装满火腿和肉。历史学家猜想杂货店的货物大概是供应小村庄的必需品，于是顺手在面包架上挑个法国面包，然后向柜台阿姨结账打听斯纳格布湖。

阿姨眼中满是疑惑，不是很明白的样子，她转而询问正在掏钱结账的男子，男子结完了账，笑着拍拍历史学家肩膀，是跟他走的意思。

历史学家搭上他的破旧轿车，他说是三分钟车程，真的就三分钟，车已停在码头边了。

那里确实是斯纳格布湖，距离修建修道院的岛屿约一百多米，不过这依然无法解决他登岛的难题。男子耸耸肩，他认为他已经完成任务，随即转身离开码头。斯纳格布的湖水像股灰黑色潮流，拍打在码头木桩上。

历史学家对他的背影大喊：“谢……谢谢！”

那男人挥挥手，转身回到车上。历史学家眼睁睁地看他的车开过石子路，轮胎下发出一阵辗压声；旁边的钓鱼人始终不作声，甚至看都没看过他一眼，像尊石雕似的低垂着钓竿，全神专注地只是盯着水面。

“好吧！接下来只能靠自己了！”历史学家忧虑地安慰自己。

顺着码头边孤独的道路，他走进斯纳格布村。

据说德古拉生前和斯纳格布有很深的渊源，他曾多次秘密地造访这里的修道院，并建好自己的陵墓。在这座孤绝的岛屿上，没有修建任何桥梁连接到湖岸，这也是德古拉安排的一种保护措施，但根据笔记所述，冬季的斯纳格布湖也是会结厚厚的冰。

公元1476年，巴尔干半岛几乎全部沦陷，土耳其大军北上，德古拉的军队节节败退，最后德古拉死在撤退的途中。有学者说德古拉是死于土耳其刺客的暗杀、也有人说德古拉是被自己的士兵杀死的。根据可信的考证，德古拉的头颅被送往伊斯坦布尔邀功，悬挂在城墙上；而身躯则被秘密安葬在斯纳格布修道院里。

这下糗了，身首异处不过如此，德古拉的复活不只是恶毒的诅咒，还是不可能完成的任务。然而德古拉却再度现身，在百年后幻化成了名为恐惧的吸血鬼。

谜团的真相就藏在对岸的斯纳格布修道院。

约略在两个小时后，历史学家显然已经忘了前晚所做的笔记，胡乱在斯纳格布村乱闯，企图找一艘能登岛的船只。

村庄道路既不简洁、也不友善，他常走许久才发现是条绝望的死路，路旁多数房舍是传统茅草屋顶，教堂和露天别墅也很普遍，除了木栅栏外，教堂外都是插满十字架的坟场。斯纳格布是布加勒斯特人郊游的去处，现在却没见到几个人。

村里杂货店门口有个壮硕的男人，这天他似乎上完工，正在纳凉。竟然看见有东方人从他面前的小路走过，他连忙叫住那个人，听他说他想要去斯纳格布修道院。这简单极了，小镇对男人而言就像自家后院一般，他得意地领着东方人从房舍间穿过一条满是泥泞的捷径，经过邻居庭院时恰好看见熟人，还不忘刻意地吆喝，好像带路是很令他得意的举动一样在第二条小路彼端，他踏上村里的码头。

那东方人摇摇头，手指着斯纳格布修道院，男人大笑，比了个游泳的姿势，大概也觉得自己很幽默。然而他不理解东方人的要求是什么、不明白他想做什么，最后只感到不耐烦，于是他耸耸肩，转身回杂货店去了。

历史学家往前眺望，码头边，湖水轻敲，和近在眼前的斯纳格布修道院两两相望。

沿湖岸其实有为数不少的游艇停泊在每户人家的码头，使那些房子看起来都很像水上人家。历史学家猜想，当地人都为自己准备了前往岛上的船。

他疲惫地瘫坐在码头上，看着斯纳格布湖，这绝不是他第一次在旅行时迷茫，也不是第一次进行没有地图的冒险，但是当旅行有目标的时候，他会变得更坚强。休息半晌，他重新拿出笔记阅读，在村庄里经历过两小时的游荡，他已经能在脑中粗略地建构整个村庄的地理概况，并且也对笔记中那些铁轨、森林等名词有了部分了解。

“斯纳格布湖南北狭长，我是从南边的布加勒斯特来的，下车的地点是在湖岸东南侧的村庄，然后沿村庄往北走，如果入口不在村庄里，那会是在什么地方呢？”历史学家在码头上沉思，最后他在笔记的最下面找到一个词：

阿斯托利亚森林。

然后他转头看见湖岸北侧茂密的丛林和丛林上方阴郁的深绿色天空。

这一刻他豁然开朗，终于理解了原本不明白的笔记部分。再走回村子时，湖畔好像又无声地飘过了一场雨。

沿着外环道再往南走10分钟，经过废弃的旧铁道，再经过几间有庭院的别墅，尽管昏昏欲睡，历史学家仍努力保持意识的警醒，这里并非渺无人烟，却反而宁静得充满不确定感，像是被空气扼住喉咙般烦闷无语。

可能某个路口是阿斯托利亚森林的边界，但是等历史学家意识到时，他已经跨过那一步，走进森林区的边界内。周遭草丛迅速拔高成几十米高的丛林，绿意包覆住道路，空气里悬浮着潮湿的泥土味以及冒险的气息。道路终点是森林区的码头，周遭却还是只有他一个旅人，他直接走进码头的庭院。

阿斯托利亚森林码头里的员工原本在湖边悠闲地聊天，看见历史学家走进庭院，讶异地从躺椅上站起身，连忙用英文问他："有什么需要服务的吗？"最近并不是什么观光季节，他们多数时间是照顾本地游客，再不然就是自己在湖边玩游艇，这时忽然看见有东方人穿过树林来到阿斯托利亚，他们一时之间没反应过来。

"呃……我想去斯纳格布修道院。"历史学家目光飘移，回答得很恍惚。

员工担忧地看了看历史学家，然后才回答："我去帮你询问一下我们老板，你自己在庭院逛逛，我晚点儿回来找你。"

说完，他就转身走进旁边的别墅，心想这个人真古怪，八成又是追寻德古拉追到斯纳格布岛的信徒，自个儿跑来借船。不过身为斯纳格布湖的守卫者，他有职责应付来自世界各地的朝圣者，却也不是太意外就是了。

历史学家失魂落魄地走向湖边，凭依白色栏杆，眺望斯纳格布修道院，那楼阁的形状好像漂浮在水面上，很远，却很清晰。

暴雨倾盆而至，湖面上泛起涟漪，也洒落在阿斯托利亚的土地上。

一大片诡谲的乌云盘踞在斯纳格布修道院上方，久久不散。

50
Snagov

消失的尸体

公元1931年，有一群考古学者和德古拉信徒循着史料记载，战战兢兢地登上斯纳格布岛。他们这些人有的保持着崇畏的敬意、有的想亲眼见证传说的幻灭，他们推开修道院深色的大门，祭坛前，他们用磁砖圈出一片区域，撬开覆盖在上面的地板，也揭开了吸血鬼德古拉的坟墓。

他们睁大眼睛，准备目睹吸血鬼传说的真实。

墓穴却是空的。

德古拉已经不在那里了。

第二篇　保加利亚天空下——保加利亚

半湿着身子，坐巴士回到布加勒斯特市区，历史学家浑身不舒服，头脑昏昏沉沉的。当天他搬到火车站附近另一间安静的旅社，也就是丽塔前晚住的那一间，是丽塔用电话建议他换地方住的。

然而他终究逃不了重病的威胁，半夜里，他抱着脸盆泪涕俱下地痛哭着，呕吐出胃里能翻腾出的所有东西，边发着高烧、口中叨念呓语，边对抗着近乎幻觉的梦魇，分不清自己在哪里，直到惊醒后才发现大汗淋漓。他强烈的病况，让旅社当夜值班的柜台服务员也吓得半死，整夜睡不安稳。

不知道昏迷多久，当历史学家再次睁开眼，映入眼帘的是窗外橘红色的阳光，他还是感到一阵恶心，然后他看见床边是许先生来探望他了。

“你还好吧？”许先生边说边拿出切好的水果给他。

“谢谢……好像好一点儿了，这里有医生可以看吗？”历史学家觉得还是有点儿晕眩。

“在罗马尼亚看医生很贵，就算看了也不一定有用，还不如买药吃。”许先生给他一瓶似乎是退烧药的东西。他最后还是不放心地问：“你病成这样还打算去哪里吗？”

历史学家摸着额头，咬着牙：

“尽管如此，我还是要去一趟保加利亚。”

民间盛传德古拉长眠于斯纳格布修道院，据说只是欺瞒土耳其人的幌子，历史学家听说过某些隐秘的史料，据说公元1480年，忠心的斯纳格布僧侣曾带着德古拉的尸体秘密地离开罗马尼亚，潜入伊斯坦布尔盗回他的头颅。

自此之后，德古拉的尸身再没有回到罗马尼亚，而是就近藏匿在保加利亚的境内。僧侣们躲开土耳其人的监视，前往保加利亚的东正教会总坛寻求协助，从此特兰西瓦尼亚再也没有德古拉的下落，只留下他生前的诸多事迹，真正的德古拉长眠在保加利亚一座历史悠久、深具宗教意义的古修道院里。

保加利亚位于东巴尔干地区，北边与罗马尼亚接壤、南边是希腊和爱琴海，东南一隅则是通往土耳其伊斯坦布尔的必经之路。据说保加利亚是一个诞生玫瑰芬芳的国度。

几天后，历史学家病好了大半，许先生帮他订好了前往保加利亚的车票。

第六章　遇见蓝色多瑙河

每一段旅程，在放松、安逸的片刻里，都至少会有一些关于南方的知识拼凑。多瑙河并不在意河岸上的孤儿，只是不断朝海的方向流去，朝至高的信念流去。

克劳狄欧·玛格利斯(Claudio Margris)《多瑙河注》

列车长说，从布加勒斯特到边境约两小时，保、罗两国间的边界是多瑙河的下游，再往东流，就绕进罗马尼亚境内，从康斯坦纳附近流入黑海。

与历史学家同车厢的是个香港中年人，名字是保罗，其实保罗已经有个读大学的儿子，趁着还玩得动，特地跑来东欧旅行。就如同历史学家以前结识的旅行者一样，旅行的时候总能激发超乎年龄的精力，后来历史学家发现他随身携带笔记本，把行程规划得井然有序，这一点，历史学家一直不是很能苟同。

保罗和历史学家走的几乎是完全叠合的路线，从罗马尼亚到保加利亚，从布加勒斯特过边境。这班列车不只载着他们两人，他们在车厢间四处走动，发现左边是加拿大人，右边是日本人，再前面的乘客也都是各国的背包客。

离开市区，瓦拉几亚平原的景物就是连绵的草原，比特兰西瓦尼亚更干燥、荒凉，偶尔远方露出一角城镇的身影，自地平线上探出头来。这段路程中火车鲜少停站，只是机械般被驱策着直直往南走，直到在靠近边境前最后几千米，两旁的树丛和地势逐渐攀高，从此再也看不到罗马尼亚的地平线了。

他们很快就没话聊了，历史学家开始凭借玻璃窗的透光浏览关于保加利亚的书籍，莽原的气温闷煮着车厢，保罗索性把窗帘放下，敞开上面一道缝隙透点儿空气。

两个小时后，突如其来的刹车声是抵达边境的前兆，铿锵的声响从车头往后传递，经过脚底，惯性震动一下再荡到车尾。历史学家从车厢窗户看出去，这里是边境前的最后一站久尔久。除了右边的边境局、左边的废弃铁路外，四周被高过车顶的树林包围。他看见边境局门外几位穿着深绿色衬衫的警察朝火车走过来。

那些警察上了车，沿包厢逐一收取他们的护照，列车长在一旁提醒："你们先待在车厢，不要乱走。"说完和警察拎着一大袋护照回车站去了。

隔壁的加拿大人告诉他们，这班跨国列车的行程时刻表仅仅是最理想的参考，若有任何一本护照有问题，全车的人都要等问题解决才能再度上路。

因此，据说列车从没准时过。

非蓝色音符

罗马尼亚与保加利亚间的列车会先抵达两国间的大都会，位于保加利亚中部大城市大特尔诺沃，然后再行驶四个小时到保加利亚首都。"你要不要一起去大特尔诺沃？"这不在历史学家的行程里，不过保罗却试图说服他改变心意，"我们之后再一起去保加利亚的首都索非亚啊！"

历史学家犹豫不决的老毛病又犯了，虽然乘夜车也没什么，但是实在不适合大病初愈的他，他考虑了很久，最终还是在入境前答应了保罗。

保罗高兴地笑了，他们说好，一起去大特尔诺沃看看美丽的古城。

离开久尔久不到十分钟，铁轨逐渐攀升，历史学家和保罗从窗户探头出去，前面耸立着两根巨大的石柱，像守卫某个禁区大门的武士。火车从石柱中间穿过去，再过百来米就是多瑙河。这座桥，人们称它为“友谊之桥”。

多瑙河本身就是个传奇，它从遥远的德国黑森林而来，是全世界流经国家数目最多的河流。而它正潺潺经过保加利亚，奔向海洋。音乐之都维也纳曾为它演奏《蓝色多瑙河》。这首歌就像河水般传至世界各国，唱出它不平凡的命运，如今只要说到多瑙河，许多人都认为它是蓝色的。

这座连通罗马尼亚和保加利亚的友谊之桥，灰色裸露的钢梁乍看平凡无奇，然则它是欧洲第二长的桥梁，总长2 242米，是横亘多瑙河最长的桥。

自火车开上友谊之桥后，历史学家和保罗就挤在狭窄的窗边，只为了目睹传奇的蓝色，然而，横在他们脚下的，是比蓝色深好几层的灰黑色的河水。水面上荡漾的混浊的波痕，争先恐后地往下游推挤，没有丝毫浪漫或唯美的成分。

如果作曲家约翰·施特劳斯离开维也纳来到保加利亚看多瑙河，大概也会失望吧！多瑙河对东欧是段悲伤的历史，灰黑的浪蕴含太多杂质，音符却仍歌颂着它的过去。

可能只有几分钟的时间，也可能是几十分钟，火车才开过友谊之桥。桥的另一侧也有两座巨大的石柱，其中一根石柱顶端有排清晰的数字，写着“1954”，是友谊之桥建成那一年。在那之前，这条路染满了血腥，东西征战的军队曾经走过它，蒙古人、土耳其人，从东方来到巴尔干半岛。中世纪的欧洲人说这是“黄祸”，这种灾难会淹没蓝色的多瑙河。

隔壁车厢有个背包客在欢呼，高喊着“保加利亚！”

低头看河的历史学家这才惊觉：是啊！现在已经在保加利亚的土地上了！严格来说，还没抵达保加利亚的入境处，但只要过了多瑙河，或多或少就会让背包客们为之一振。

距离我们最近的保加利亚城市是鲁赛，它还有许多的别称，小布加勒斯特、小维也纳。边境城镇大多给人荒凉肃穆的印象，鲁赛却很异类，它甚至曾经是保加利亚最富裕的城市。甫进入鲁赛，历史学家探头往外，正好看见一座现代化电信塔、几座高架桥、外围的田地和画一样的市区公寓，什么都有。

列车开进鲁赛火车站，停在第一月台上，但他们仍然不能走出车厢，又有警察来收走护照，然后，是漫长的等待。背包客们趴在窗台上，看车站工人拿工具撬开车厢间的铁锁，卸掉后面几节车厢。

签证正在车站办公室里被认真检查，火车内的空气愈来愈沉闷，关在车厢里的背包客愈来愈焦虑，站着也不是、坐着也坐不住。

两天前，有个台湾的背包客告诉历史学家，鲁赛还不清楚欧盟免签的公告，可能那人是免签后第一批旅客，硬是不放他入境。为了让其他人顺利通关前行，那个人只得被强留在鲁赛一晚，现在再想起，也不过是一周前的事。

历史学家忧虑地从活页夹找出免签文件的保加利亚版放在一旁，以备不时之需。

正当历史学家开始气闷，想把窗户拉开一点儿时，车厢另一侧的保罗很轻松地继续看旅游书，他忽然抬起头，惊呼一声。窗外是一阵狂风暴雨席卷而来的画面，暴雨从窗户缝隙倾泻进来，他们连忙抓着行李往里拽，没几秒钟，窗边的沙发就浸湿成恶心的深褐色。大雨让所有人更感心烦意乱，只能隔着雨幕和鲁赛居民互瞪。

保罗皱紧眉头，盯着雨势看傻了眼，忽然又想起隔壁车厢的日本男孩还在睡觉，于是赶忙去隔壁叫醒他。日本男孩恍恍惚惚地苏醒过来，抬起头瞧见滂沱大雨，下意识地大骂几句。

来不及了，搁在窗台上的几本书已泡烂成一团纸浆。

东欧九份

老旧的车轮与铁轨间挤出刺耳的摩擦声，伴随一道向前的惯性作用，列车缓缓减速。隔壁的加拿大人推开车厢门，提醒他们时间差不多了，历史学家懒洋洋地把大背包扛起来，回到走廊，发现背包客都零散地站在走廊，拖着行李、扛着背包，全都用渴望的眼神望着保加利亚田野。

大特尔诺沃火车站给他们的第一印象是一排彩绘的墙，其实这里的建筑物很单薄，绕过墙后就是车站月台。月台没有护栏，当地人恣意地跨越轨道跳上月台。走出火车站后，立刻有人接手他的背包扔进汽车后车厢，历史学家不悦地看向保罗。

“喔！我忘记说，我请了民宿主人开车来接我们。”保罗歉疚地说。

他们搭上另一辆出租车，然后车顺着外环路开上快速道路，原来这条路在大特尔诺沃外围，绕过一个巨大回转，接上山城缝隙中崎岖的街道。

街区的布景很有欧式味道，他们好像又回到布加勒斯特，路上到处是咖啡店、快餐店和酒吧，唯一的差别在于路是斜向上的，顺着山坡铺建。民宿老板草率地向他们介绍：“这里是保加利亚之母广场，大特尔诺沃的新城区。再往前走，是我们住的旧城区，在大特尔诺沃的内侧。”

从保加利亚之母广场右转弯，经过一段很长的下坡路，另一侧就是大特尔诺沃的旧城区，现在被当地人称为瓦罗沙。他们的车开在称不上主路的砖道上，路很狭窄，侧边是市中心的悬崖，他们车就停在悬崖边的半山腰上。

趁着晚餐前的空当，历史学家站在民宿阳台上俯瞰，才看清楚整座山城是个半圆的弧形，环抱着中间的巨大地标，阿森王纪念碑。纪念碑的中心是座黑色尖塔，四周有四尊巨大的战士雕像。旧城区和纪念碑之间没有连接在一起，一条蜿蜒的河流切开山谷，旧城是盖在连绵陡峭的悬崖上的。

民宿位于旧城区正中间，所谓的中间，意思是整个弧形山城左右的中间，也是指层状山坡上下的中间，在大特尔诺沃，很难厘清每条道路的走向。

保罗也来到阳台站在他旁边，看着眼前层层叠叠的大特尔诺沃山城在夕照里涂上一层橘色。保罗告诉历史学家，有一本香港的旅游书赠给大特尔诺沃"东欧九份"封号，说它是一座完全在山崖的城市，优美绝伦。

"对了！九份是什么啊？"保罗忽然问。

历史学家转过头，很讶异地看着保罗，保罗却是满脸的疑惑。

山丘上的城堡

隔天正午的天气很燥热，保罗和历史学家才出了门，顶不住艳阳，又躲回楼下的餐厅喝酸乳汤。

这种汤的汤汁是酸奶，味道很冰凉，尝起来也说不上是甜的或咸的，也绝非特别的美味。但这里的酸奶本身是世界级的，保罗说常吃保加利亚酸奶能延年益寿。历史学家当时觉得太没根据，但是几天下来，却也无意中吃了不少酸奶。

他们留在大特尔诺沃的时间比预期的长，长到历史学家几乎忘记原本的目的。这城市如诗如画，偶尔有白色的飞鸟横过山谷上空，添一笔动人的姿态。历史学家常走在巷弄中，走向上层的街道，中间穿插的是不规则的阶梯，在山城里见缝插针，歪斜着连接城市的动脉，崎岖得那么美丽。

上层街道的道路边布满了咖啡店、旅馆、百货公司，路边停满了豪华跑车，站在悬崖边看下去，还看到有座透明电梯从山城下层直达顶端，历史学家兴奋地走过去，发现是一间纵跨好几层山坡的旅馆。

大特尔诺沃的秘密，就藏在旧城区后山的河谷里，就像阿森王纪念碑矗立的地方也是座孤立在山谷里的山丘，名字是查雷维茨山丘。

过去，大特尔诺沃一直是保加利亚最重要的城市。1185年，对大特尔诺沃是个辉煌年代，那一年保加利亚从拜占庭帝国中独立出来，创建了保加利亚第二帝国，首都就在查雷维茨山丘。

几年之后，历史学家仍很难跟我具体描述从旧城区山头乍见扬特拉河以及查雷维茨山丘的感动。整座查雷维茨山丘都是首都的王宫，那些城墙、堡垒和修道院遗址散布在各处，而扬特拉河像条缎带把皇城都包装在峡湾内，是份大自然赐与人的赏心悦目的礼物，保加利亚人很早就知道这点了。

扬特拉河在斯拉夫语中是快速流动的河的意思，而唯一能跨越护城河，通往查雷维茨山丘道路和旧城区山丘相连的，是一座长长的索桥。在这座狭长的桥上，连建三座城门，城门高度仅容一人一马通过，可见当时防守皇城的森严。

现在的查雷维茨山丘上只有难以计数的废墟，过往的石砖房舍，只剩下膝盖高的墙角还残留着，墙内的地板随岁月而破败，钻出生命力旺盛的野草，一座座房舍遗迹，正是构成宫殿的要素，如今在查雷维茨看得到少许遗址复原图，其他仅能依靠旅人想象，它在历史学家印象中是某个模样，在其他人眼中，或许是另一个模样。

他沿着杂乱无章的道路，走到查雷维茨山丘的最北端。过去，这里曾经有个13世纪修建的古老的修道院，旁边的复原想象图这样标记，如今却只剩下脚踝高的矮墙。

修道院的后面是突出悬崖的死刑岩，以往帝国时代的囚犯、叛徒都从这里被推进扬特拉河，这是一块血腥之地，却也有大特尔诺沃最美的风景。历史学家坐在死刑岩上许久，欣赏着那些囚犯最后一眼看到的画面。在悬崖外，环形的山谷中现在盖满红屋瓦的民房，混杂在树林和岩石中，后面高耸的山壁是块完美的天然屏障，环抱谷地上的查雷维茨城堡和扬特拉河，填满整个画面。

走在废墟里是寂寞的，放眼望去都不是曾经的样子。历史学家从北端走向教堂的沿途，经过毁弃的皇宫，以及那些数百年都没再敲响的古老钟塔。

历史学家爬上山丘的顶端，美丽的大主教教堂建于1235年保加利亚帝国期间。教堂内遗留的壁画和柱廊，都是近代修复的作品，唯独教堂底部那幅圣母与耶稣的圣画像，是从石壁中凿出来的，画面剥落后仍维持着原始的模样，大主教教堂的另一个名字是“耶稣庇佑教堂”。

教堂后面有座装潢华丽的电梯，电梯可直达旧王宫的顶楼。电梯里有个老人，坐在破旧的扶手椅上，他的职责是在偶尔清醒时向搭电梯的人收小费、按楼层。

塔顶是查雷维茨最高处，塔楼周遭围绕了一圈防御性的砖墙，只露出半人高的瞭望口，历史学家从瞭望口往外看去，整条扬特拉河环抱着城堡外围，电梯老人也走过来，拍拍他肩膀，指向历史学家住的大特尔诺沃城区，那里建筑蔓延于新的山谷，绽放出城市新的生命力。

从教堂上俯瞰下面的景色，是保加利亚人最大的骄傲。当时保加利亚第二帝国曾经盛极一时，连拜占庭帝国都瞠乎其后，可惜，在保加利亚帝国国势衰颓的1396年，奥斯曼土耳其帝国终于攻下大特尔诺沃。

查雷维茨战役的最后，土耳其军队重重包围了历史学家眼前的这座山丘，城门一破，土耳其军队冲进来大肆劫掠，从此只留下了漫山遍野的废墟。那场战役之后，直到19世纪保加利亚政府才终于在大特尔诺沃宣布独立，其间相隔足足500年。

500年的异族殖民、500年无法记载的镇压屠杀。

在历史学家的笔下，保加利亚像失去了青春的孩子，扭曲了原本纯真的童年。

漫长的苦痛消磨了保加利亚的骄傲，雍容华美如同废墟般消逝，深刻地写在潜伏的基因和潜意识里，以及眼前这片破碎的查雷维茨山丘。

微雨山城

从查雷维茨回来的路上他们一直都沉默着，直到保罗在路旁巷内看见了什么，忽地停下脚步。历史学家问：“你在看什么？”

保罗表情复杂地指着巷内："你看这里！"

那是一条通往下城的狭窄巷道，历史学家一走近巷口，顿时明白保罗的意思了。巷道两侧墙上密密麻麻地贴满A4大小白纸，上面有人名、黑白照片、一连串的数字，以及一些保加利亚文字，有的甚至遮盖过更早之前的纸张，像壁纸般层层覆盖。历史学家愣在巷口，诧异和困惑让他什么都说不出来。

保罗走过他身旁，拍拍他肩膀，仰起头，手指向最靠近他的一张白纸说："这是保加利亚的民间习俗，张贴白纸，代表附近有居民在这一两年过世，你看！纸张上面应该写的是死者职业、事迹、死因之类的，不过我也看不懂啦！"

在离开大特尔诺沃之后，历史学家注意到这些死亡讣告出现在保加利亚各地，每一张的背后都有个故事，也象征家属的追忆。这样的习俗，让他想起罗马尼亚希捷图的欢乐墓园，一种是张贴肃穆的公告，一种是以幽默面对生死的难题。他们都试着分享死者的人生旅程，记录那些平凡却实际存在的足迹。

过了正午，大特尔诺沃的日晒依然强烈，历史学家趴在阳台上，看一只白猫躲在对街阴凉的屋檐下。从罗马尼亚过来，很难不留意到猫。一路上猫多了不少，它们横卧在阶梯上，任凭路人从身上跨过去。保罗说，再往南走到爱琴海畔，这些猫就比人还多了。

历史学家打个呵欠，旅行以来就属这一刻最让人放松。可能是大特尔诺沃给人的感觉太过闲散，一直看着山谷，他浮木般的过去或未来就伺机窜出心头，渐渐地陷入伤感。旅行的日子里，有时还是会遗憾没人分享，生活总是这样子，他回到家乡后，却又特别想念那近乎是世界尽头的孤绝，尤其面对大特尔诺沃山谷，仿佛你光是坐在那儿，时间就会水平地无限延伸下去一样。

他一直以为家中再怎么令人锥心无奈，人还是有自己的选择，选择抗拒、选择如何独自面对崭新的世界，但旅行却让他看到自己没想象中的坚强，人虽在东欧却躲不过远方操控的魅影，想到这里，他又更加不明白旅行的意义了。

他怀疑是不是家乡给了他太满的回忆，以至于无法眷恋另一个美丽城市。

他擦擦眼角，听见脚步声来到阳台，年轻的旅社老板看历史学家趴着的样子就像块晾着的干酸乳渍，于是建议他去阿森王纪念碑走走，两处只不过十多分钟路程。

阿森王纪念碑建于1185年保加利亚第二帝国的成立，是帝国英明的国王伊凡·阿森的杰作。纪念碑与小镇有唯一的陆桥连接，历史学家走进孤岛，山丘顶有个巨大的平台，他走上台座，抬头仰望，原来四尊雕像远比常人高大，四个战士骑着马，环绕着中间的尖石碑，分别朝四个方向挥舞利剑与长枪。

四位战士其实就是保加利亚帝国的四位皇帝，他们捍卫着大特尔诺沃和保加利亚帝国。中心柱的下方，有个母亲抱着婴孩的雕像，正是他们在古老年代所保护的人民的象征，也代表保加利亚人民对他们的感怀。

不过历史学家兴趣全无，没十分钟又再绕回旅社趴着。民宿老板下完双陆棋，现在也拖张凳子搁在阳台，捻了点儿烟草，夹在烟纸里温柔地卷成圆筒状，来来回回地搓揉，端详好一会儿，小心翼翼地把烟叼在嘴上，凑向打火机的火光。

在他身影后面，原本灰黑的云块终于盛不住水汽了，唰地一下一古脑倒灌山谷。

他们不约而同地看向阳台。阳台外，雨幕覆盖，大特尔诺沃像披了一层灰蓝色的薄纱，雨水顺着屋檐、顺着倾斜的路面从上层滑入谷地里。

保罗和其他背包客陆续狼狈地赶回来，一个个挨在阳台边，蜷缩着的模样像受寒的雏鸡抱团取暖似的，老板的朋友们笑着搬来两张木凳子，背对山谷坐在阳台的外缘。“那么来点儿音乐吧！”捧着金属笛子的光头男好像理所当然一般说道，另一位拿起木制吉他，无惧狂风暴雨，自顾自奏起音符，弦乐笛声飘渺悠扬，逗得旅人惬意地笑了。

拿木吉他的年轻人解释说，这把木吉他是他自己亲手雕磨的，他在保加利亚首都学了制作乐器的本事，更细细说着在做音箱时是多么谨慎，历史学家凑过来看，抚摸上漆的外皮，每一根绷紧的弦，雨声依然混乱，却掩盖不了吉他手低沉嗓音。

光头男另外扛来一只非洲鼓，鼓声吉他再度和雨滴齐鸣，咚咚声响愈来愈响亮，激昂的战鼓与弧状城市共振，历史学家隔着雨幕看痴了。

咚！好像在那个瞬间，阿森王纪念碑石座上的骑士们苏醒了。

他们挥舞着长剑，跃下石座。

ГОДИНИ
без
ЦВЕТАНКА
ПОМЕН
САНКА ВЪРБАНОВА ТИПОГРАФОВА
ВЪЗПОМЕНАНИЕ
МАРИЙКА НИКОЛОВА ПАВЛОВА
СКРЪБНА ВЕСТ
МАРИЯ КРЪСТЕВА СТАРИРАДЕВА
0888 741 379
0886 724 422
Тодор Панайотов Цанев
ХРИСТО ПРОДАНОВ ПАНАЙОТОВ
889 88 59 44
ХРИСТО ГЕОРГИЕВ ХРИСТОВ

第七章　玫瑰祭典

不管是财主、还是吸血鬼，或是那土耳其的苏丹，

不管是山上的牧羊人、还是可怜的穷人家，

从察里格拉德（伊斯坦布尔）到塞尔维亚，悠扬的长笛和着歌声。

赫里斯托·波特夫(Hristo Botev)《海杜特》

民宿的书报架提供刊物、旅游书，供背包客查询。第二天晚上保罗窝在沙发上翻一本过期的香港旅游月刊，他递给历史学家看。月刊的主题是玫瑰祭典，女记者说：玫瑰祭通常会在六月第一或第二个周末举办，届时玫瑰谷会绽放红色与白色的山峦。旅社老板听到他们的谈话，凑过来看了一眼杂志，笑着说：

“嘿！你们瞧这张照片，就是我带她去拍的啊！”他指着一张有他的照片，然后边翻边解说：“这里是我老家，这是玫瑰园，你看这里，还有我老妈的照片。”

保罗和历史学家没有回话，他说的可是一位年轻貌美的玫瑰姑娘。

旁边一位东方脸孔的女生倒是好奇了，她直率地问老板几岁，老板才故意地补了一句：“是我老妈20年前的照片啦！”说完，豪迈地笑起来。

原来老板是玫瑰谷——卡赞勒克的当地人，他说，大特尔诺沃的商机比较多，长大后跑来大特尔诺沃开民宿。保罗特地问他，玫瑰祭这段期间是否有机会去玫瑰谷看看，老板颇为难地说，这几年玫瑰谷很少开放给外人，开放的都是观光导向的假玫瑰，真正采收玫瑰的地方是不让随便让人参观的。

他从书架下搬出一箱玫瑰香水（老板意图推销），继续说，玫瑰香水又称液态黄金，五百朵玫瑰只能提炼10毫升玫瑰精油，其实远比黄金更昂贵，这样的价格走出保加利亚还能哄抬两三倍，再怎么说保加利亚的质量都是最值得信赖的。

至今，全世界七成以上的玫瑰香水来自保加利亚，这里是名副其实的玫瑰故乡。

那个东方女生，听到历史学家和保罗的对话都是中文，竟也改用流利的中文和他们聊天。她说她的名字是曹然，来自海南，目前是个长期住在东欧的留学生。

历史学家记得那时曾问她："我们之后会去索非亚，你有什么推荐的住宿？"

"你可以来我的hostel啊！"曹然爽快回答，"索非亚的背包客几乎都住那里。"

"谢谢，我会记得的。"

在世界的转角遇到爱

世界是多元缤纷的，每个旅人都循着自己的主题去探索，就像丽塔的主题是乡村、历史学家的主题是古迹传奇。而保罗，他对文化艺术似乎格外感兴趣，保加利亚原本是人文丰沛的国度，对保罗而言无异于宝库。

“嘿！你要不要跟我去特列伏纳啊？”有天，他问历史学家。

保加利亚电影很少在国际绽放光彩，不过几年前有部电影在中国播映过——《在世界的转角遇到爱》，或许是缘分吧，从此，保加利亚的优美深刻地烙印在保罗的记忆里，鹅卵石铺的小巷道、洁白的墙缘、层状突出的窗台，虽然他没提，但他来保加利亚一直想看的也就是那个画面。如果在保加利亚还是只看古堡和古城，这里和罗马尼亚有什么差别？他是这样认为的。

在那之后的隔天早上，保罗独自搭短程火车往南行去。保加利亚的中部是块优美的平原，那一带的几座小镇都饶富特色，再往南进入玫瑰谷，就是民宿老板的家乡了。玫瑰芬芳让保加利亚强大，而艺术创作却让保加利亚的内涵更迷人、更耐看。

从中世纪起，特列伏纳就以木雕绘画闻名，听说这些年欧盟对特列伏纳的活动有许多赞助，支持特列伏纳继续发展它的文化、它的艺术。

用复古的镜头对着这条狭窄的单向道，地上铺的是碎石子，路中间都是磨得圆滑的鹅卵石，颠得路过汽车喀啦作响。路的两侧都是木造白色楼房，当然也是优美的层状建筑，有的屋瓦甚至是页岩堆起来的。另外，还有双陆棋，保加利亚乡村绝对少不了双陆棋。

转过古老的教堂，路的尽头是市镇广场，环绕广场的是几间卖画的杂货店，中间是座袖珍的钟塔，虽远不及特兰西瓦尼亚那般壮阔，却吸引更多当地居民依

偎着它。

最典型的画面，莫过于一群当地人群集在钟塔旁的树下，聚精会神地围观一场双陆棋。观战的人也都屏息噤声，唯一的声响，是骰子在木盘上不断跳动的撞击声，以及黑白两种棋子撞击木盒边缘的声音。

喀喀、喀喀，像首节奏美妙的乐章。

“命运就像你手中的棋子，而人生则是随之起舞的游戏，胜败输赢，一切都靠自己掌握。”保加利亚老人说，他们深信，棋艺高明终能克服厄运。

树旁是所古老的艺术学校，很多年轻人来这里学习古老的技艺，可能是木雕、美术或绘画，无怪乎小镇上到处是在路边临摹的画家。保罗看见一个女学生在用细致的笔法勾勒钟塔，维妙维肖，接着戴厚重眼镜的老师走过来，却是用狂放的色彩填满留白，师徒俩自始至终只紧盯画板、钟塔，没有一句对白。

保罗绕过钟塔，跨越简洁的石桥，石桥后的并排建筑是的博物馆和美术馆。特列伏纳木雕圣画博物馆正举办特展，其中有新进学生驻足，接受小镇艺术的洗礼。

博物馆一楼的走廊上挂满了各种圣画，而二楼正中央是个美丽的房间，虽然只能在门口观看，却是让人想躺在横椅上仔细欣赏的地方。年轻的学生看完会轮流在门口记事本写下感触，保罗猜想这格局本身就是一种艺术，他们的保加利亚风格，以深色椅垫、白色抱枕和窗帘装饰呈现，地上垫着柔软厚实的土耳其地毯。

漫步在特列伏纳，保罗心灵一片平和。他试着坐在路边陪一位男孩完成画作，看他如何专心致志，一笔一画地勾勒他家乡的页岩屋檐。这些村民都像是被隔绝在世俗外的艺术家、哲学家，在创作的过程中，彻底进入灵的境界。

这股意志影响了旁观的保罗，他深深地受感染，体验了一场心灵之旅。

曾有个瞬间，他甚至愿意放弃回归真实，远离他过去擅长的庸俗的金钱游戏，宁可永远徜徉在特列伏纳的美好中，亦如小镇自始至终保有的一股纯真。

旅居索非亚

保罗肯定是受到了很多感动，后来他一直向历史学家唠叨特列伏纳的美，连说了好几天，说得历史学家都会背了。算算他们停留在大特尔诺沃的时间也太过长久，而历史学家在罗马尼亚的感冒也几乎完全康复，他们挥别了老板，再度踏上旅程。

隔天午后依然炎热，保罗和历史学家拖着背包守在保加利亚之母广场，等待开往保加利亚首都的班车，同车乘客大多也是旅人，行李架被塞得满满的。

索非亚，或苏菲亚，在古希腊语中是智慧的意思。它是保加利亚首都，历史学家有整个下午的闲暇从大特尔诺沃到索非亚，横跨过保加利亚的半壁国土。窗外无止尽的草地、树林、丘陵，阳光透过玻璃安抚车厢，历史学家回过头看，车上乘客几乎都在昏沉地睡午觉，轻鼾和引擎在窸窣、低语。

抵达索非亚车站，保罗熟练地唤来出租车司机，他一向懒于摸索到旅社的路。

通向市区的道路铺满石砖，出租车的避震功能也不够好，反复在砖路上跳跃，颠得保罗和历史学家在座椅上浑身不自在，难以想象主要干道被铺得草率究竟是城市特色还是贫困的象征，保罗先发难般地抱怨。

我们将要下塌的旅社是索非亚最大的背包客聚落，二楼整层是客房，历史学家在罗马尼亚没碰过满房的情况，倒是在这里遇上了。

柜台员工很为难地对保罗说，他们只剩下一个床位了，说着带领保罗走到二楼最后面的阶梯，再往上就是旅社的阁楼。空无一物的房间让保罗看傻了眼，上方是歪斜的木造屋顶，脚下是少说一百平方米的木造地板，这里缺乏光照，他们的脚步声在房间响得冷清。

“睡这里可以吗？”柜台员工转过头笑着问保罗说。

“你开什么玩笑！”保罗冷冷地回答。

于是乎，保罗就被柜台员工“发配”到距离旅社两条街外的另一栋分馆。

几乎同时，历史学家在交谊厅找到了那位女学生曹然，当时，她正着抱一本沉重的保加利亚历史书，悠然地在吵闹的观光客旁边念书，看起来有点儿不像是正常人会做的事。

曹然说，她正在伦敦大学攻读前南斯拉夫历史，不过大部分时间会出没在塞尔维亚，实地走访前南斯拉夫。巴尔干半岛有太复杂的过去，尤其是1914年刺杀斐迪南大公的事件，导致第一次世界大战的爆发，直到半世纪前，南斯拉夫还在爆发连年的内战，以致形成今天错综复杂的情势。欧洲的火药库，那才是巴尔干半岛广为人知的名字。

曹然是巴尔干半岛的专家，她得意地告诉历史学家，如果聊南斯拉夫历史，她可以讲一天一夜都不会疲倦。可惜她没那个机会，因为保罗已经找到他们，提议趁天黑前去街上吃顿当地地道的料理。

他们找到一家地道餐厅，边吃烤肉肠边听曹然畅谈她的旅居保加利亚心得：

“说到保加利亚啊！最有趣的，莫过于和游牧文化的融合了吧！保加利亚源自欧洲东北的保加尔人，原本信奉多神教的，后来又和斯拉夫人混合成为今天的民族，由于是军事要地，许多来自土耳其的东方元素也被融入了文化。虽然游牧民族是他们的祖先，造就他们的历史，但是土耳其的入侵带来更多影响。”

“可是索非亚是俄式建筑啊！”历史学家辩驳。

曹然专注地说：“不全是喔！你看那些四方角的房屋，都是奥斯曼风格的，只是他们都不愿意承认而已。

事实上，奥斯曼造就了今天的巴尔干风格，没有一个国家能够例外。”

说到开怀处，历史学家开了一瓶1992年的红酒，旅行还要面对很多的寂寞，他没来得及告诉曹然和保罗他的感动，尽管他逃离了属于他的回忆，却在这沉默的国度里遇见了新的情谊，他们不明白，那是多么值得举杯庆祝的事。

这一聊就到了深夜，再回到旅社，曹然又沉浸在她的保加利亚历史书本里了。历史学家坐在庭院木椅上，瞥见三只幼猫瑟缩在庭院角落，睁大双眼，探索着混沌陌生又危险的世界。后面的交谊厅里间歇地传来响亮的敲击声，保罗拿着撞球杆，趴在老旧的台桌上试图调整姿势。

索非亚的夜晚一如旅行日常，静谧、点缀着满天星斗。

地底下的教堂

尽管历史学家和保罗预约了前往里拉的包车，但距离预约时间还有几天，而且保罗住在旅社别栋，隔天就见不着人影，历史学家顿感穷极无聊，用完早餐，看曹然还在读历史课本，便独自一人往索非亚市区逛去。

这些天索非亚时有骤雨，空气里充满了像冰啤酒飘散形成的凉爽清澈的沉醉气息，尽管纬度比罗马尼亚低许多，气温却更低。索非亚海拔550米，算来是欧洲海拔第二高的首都。和东欧繁星般的都会相仿，索非亚正历经着一连串剧烈的变迁，霸道的俄式建筑间还穿插着色调迥异的土耳其风情。

曹然说，在保加尔人和罗马人之前，居住在保加利亚的是一个现在被称为色雷斯人的古代民族。“先去塞尔迪卡吧！”曹然建议历史学家。

塞尔迪卡是色雷斯人在索非亚建的古代都市，在保加利亚共产党建造总部时，意外从地底下挖掘出土。有趣的是，当时修的地下通道没有绕开古都，就这样和塞尔迪卡糊里糊涂地融为一体，地下通道的墙壁有些是后来涂改的，有些是塞尔迪卡遗忘的土砖，地板错综复杂，有粗糙石块，也有大理石，天花板则显然是加装的。

据说塞尔迪卡是著名的君士坦丁大帝最喜爱的城市，他经常住在保加利亚，从塞尔迪卡遥控庞大的罗马帝国。他曾说：“塞尔迪卡？这就是我的罗马啊！”君士坦丁大帝后来迁都伊斯坦布尔，也谣传因为想住得离保加利亚更近些。

沿着共产党总部前的地下通道，历史学家好不容易才找到塞尔迪卡的入口，颓圮的砖墙像街头艺术般装璜地下通道，当地人早见怪不怪，有在遗迹旁经营香水店的、有的干脆进驻遗迹的房间，卖些可疑的陶瓦、壁画。历史学家曾读过一份报告，说保加利亚是现今盗卖文物颇多的国家，有许多色雷斯人的墓被掏空，流落黑市。

14世纪，保加利亚落入土耳其手中，德古拉的士兵和拜占庭的军队在做最后挣扎的时候，保加利亚人低调地在靠近市中心地底下、塞尔迪卡旁边盖了圣佩特卡地下教堂。教堂虽然是东正教遗迹，却被硬挤在一座购物中心和三条主要干道的缝隙，说有多突兀就多突兀。

教堂虽然身在地底下，却是座从外观上看不出来的两层楼建筑，无论内墙或外墙，都由极粗陋的石块堆砌。入口是迷你的纪念品商店，带路的老婆婆领着历史学家走过闪烁着黄光的烛台，走向通往二楼石室的阶梯。

石室其实就在索非亚街道的旁边，历史学家刚才从马路往下看，圣佩特卡教堂的石室几乎靠着车流，然而隔了一层湿冷的石壁，教堂就像深埋在地底的墓穴，尘封着令人窒息的死寂，仅烛台上几根蜡烛增加了微不足道的温暖。

历史学家在石室里坐了很久，才慢慢适应了教堂内的昏暗，房间像是被刻意从拜占庭时代保留至今，祭坛上的圣画、祈祷用的地毯，都是介于破旧与毁坏间的样貌。

购物中心另一端是班亚巴什清真寺，它是土耳其统治保加利亚期间，即1566年建造给穆斯林作礼拜之用的，名字班亚巴什的意思是“有很多浴室”意思，当然附近也确实是水源充足的区域。

清真寺后面有块被当地人称为饮水泉的安全岛，岛上有十几个水龙头，流出来的水和土耳其浴的矿泉水相同，由于是免费取用，永远都有索非亚的当地人提着大水桶在排队打水，拧开水龙头，流浪汉索性就在那里刷牙、洗头，安全岛旁边就是川流不息的道路，俨然像是保加利亚版的恒河。

历史学家试着冲洗双手，水是温热的，旁边的保加利亚人忙着把水桶装满，那里的人有白皮肤的也有黄皮肤的，他又想起曹然所说，其实这里的土耳其人早已融入保加利亚。

走过美术馆，有五个美丽的金黄色洋葱顶的俄罗斯东正教教堂。再隔一个路口是跳蚤市场，处处是蓝色帆布勉强搭成的摊位，卖稀奇古怪的刀具、彩蛋、俄罗斯娃娃等难以想象的玩具和装饰，历史学家仔细看，发现俄罗斯娃娃中竟有奥巴马造型的，画工却幼稚得令人发笑。

道路的终点是座华丽的宫殿，它是索非亚的标志，据说是欧洲最大的东正教教堂，亚历山大·涅夫斯基大教堂。

这座建于19世纪末，历经八年完工的教堂是为了纪念在1878年俄土战争中牺牲的20万保加利亚士兵所建，然而战争的代价是有意义的，俄土战争后，保加利亚终于从土耳其殖民中解放出来，首次成立了自己的国家。

为了庆祝五百年来期盼的一刻，亚历山大·涅夫斯基大教堂以新拜占庭的风格呈现，融合了俄罗斯的特色，修筑了金黄色的屋顶，教堂内号称足以容纳万人观礼，无论规模或外形都堪称是巴尔干之最。它宏伟的正门半敞着，历史学家斜过身，从门廊下朝祭坛走去，祭坛旁还有个装饰精巧的小亭子，这是土耳其的风格。

МАСА 27

大教堂内是压倒性晦暗，除了正前方三座祭坛透漠然的光。大部分的温暖都来自教堂右后方的烛台，那里访客稀疏，蜡烛烧尽最后一滴蜡油后才被替换。站一旁的僧人眯起眼缝，直瞅着火光瞧。

几分钟后，教堂内的寒气更重了，历史学家步出教堂，看见走廊上七八个人痴看天空，原来又下起了滂沱大雨，一阵凛冽的寒风灌进来，迫使所有人同时缩一下身子。

盼不到雨停，历史学家跑过街去，对街是相较不显眼的圣索非亚大教堂，但单就这名字，就极具象征意味，整座城市仿佛是因它而存在的。圣索非亚大教堂早在公元6世纪时就已经建成，其后反而是城市的建成，因此这里也被称为索非亚。千年间几番岁月、战争与火灾的洗礼，圣索非亚几度沦落近乎废墟，化为断垣砖瓦，但今日它仍顽强地屹立在索非亚街头，当地人相信，这是神的庇佑。

历史学家，一个雨中落难的旅人，他推开圣索非亚教堂木门，教堂内正在举办读经会。在祭坛前，修士正在讲诵经文，旁边木椅上围绕着年轻的孩童，后排是他们的家长，历史学家不忍打扰，在后排木椅上找个位子，坐着旁观诵读。

外面的雨轰隆隆地响，圣索非亚教堂却饱含了比亚历山大・涅夫斯基大教堂更温暖的橘黄光辉，历史学家感到心海异常的宁静，他一向喜欢在下雨时倾听、祈祷。

雨声与诵经声，音符飘出圣索非亚教堂的窗户，来到教堂后的墓园。埋葬在这里的是保加利亚诗人伊凡・华佐夫。伊凡曾说过，压迫反而使保加利亚人更快乐，两千年来保加利亚人没过什么好日子，但他们仍展现蕴含啤酒香的乐观。在历史学家眼中他们是倔强的，他也曾经懂过那种强颜欢笑。此刻，他站在伞底下向伊凡致敬。

“被奴役的人们自有其与命运妥协的方式。”伊凡告诉历史学家，他们从不认命。

雨从未停息，浇灌着伊凡的墓土，像盛装憔悴泪水的诗歌。

玫瑰之名

前两天保罗在大特尔诺沃买的“Alteya”玫瑰香水在索非亚的潮湿环境里放了几天再打开时就已经散发出奇怪的味道了。它闻起来像腐臭掉了，历史学家闻了闻，猜想是因为有机玫瑰香水比较容易腐败的原故吧。

后来有背包客告诉他，可以去买另一种玫瑰品牌“Rafen”。“Rafen”在索非亚的维托沙大道上有好几家分店，有玫瑰肥皂、玫瑰精油、洗手乳、洗发精之类，维托沙大道是索非亚的市中心，据当地人说是全世界最奢侈的十条街道之一，开了许多以玫瑰做名牌的店面，西欧人特别喜爱采买，说是喷在身上可以遮掩浓郁体味。

趁着黄昏前的天光，保罗带历史学家在“Rafen”专卖店采购一些玫瑰香水或肥皂，保罗毫不客气地先装一大袋拿回旅社寄放。历史学家东挑西捡了几瓶香水，结了账，走出“Rafen”专卖店，正好看见夕阳的微光映照着维托沙大道底部。

他侧过脸，欣赏维托沙大道的面容，一种似曾相识的心动蓦然涌现。历史学家犹记得，两年前，有部保加利亚电影在影展上大放异彩，夺得好几个最佳外语片殊荣。

那部电影有个美丽的片名——《保加利亚天空下》。

当时只是凑巧有好友邀请历史学家观赏这部影片，从此种下他对索非亚的印象。这部电影的场景都是在索非亚，“光头党”、迷惘的年轻人、保加利亚人对土耳其人化不开的仇恨。在影片最后的最后，男主角克里斯托夫于清晨五点走过维托沙大道，脸上刻着茫然的恍惚，整条路就像他看不见尽头的未来。

历史学家只所以会记这么清楚，是因为在同样的时间，他也迷失了自己真正的心，不知道未来的人生在哪里。但当时他有许多好友和他一起承担，他并不绝望，他以为在熟悉的地方应该会比在保加利亚更充满希望，至少他是如此相信着。多年后，他循着既定的方向，事业有一点儿成就，以为可以找回过去的生活，却发现当时的好友早已离开，奔向各自的前程，而他还是迷惘着未来。但是，他还是很难忘记保加利亚。

电影杀青后，主角克里斯托夫本人过世了，但随着电影走遍各大影展，他衬托着灰蓝天光的身影，烙印在多少影迷的记忆里。

当然，那时候历史学家并不知道有一天会来到保加利亚，站在同一条街上，这一刻，他走在维托沙大道，头顶的电车缆线、路旁圆筒形大垃圾筒、街道底的灰色，一切都和久远的记忆熔融，比眼前所见更贴近真实、却比梦境更抽象。

那曙光像命运永远引领着旅人前往他徘徊的路口，让他同样的迷惑。

在维托沙大道、在保加利亚的天空下。

第八章　里拉

保加利亚洛多皮山区，恶魔咽喉洞穴。

我们穿越千幛迷雾后，眼前赫然呈现的是峰峰相连的崇山峻岭，好似灰蒙蒙的天空中衬托着朽坏的牙齿。在远方，积雪未融的顶峰耸立于白雪皑皑的山谷，真实耸立我眼前的洛多皮山显得阴森逼人且庞然无比。

丹妮尔·特拉索尼(Danielle Trussoni)《天使学》

时间是公元1480年。

地点是保加利亚，索非亚南部一百千米处的山区，里拉修道院。

为了避免被土耳其人蹂躏，斯纳格布僧侣带着德古拉尸首，连夜赶往保加利亚，当时的里拉修道院是保加利亚的东正教总教会，拥有极为崇高的地位，这些僧人来到里拉山，想寻求修道院院长的庇护，修道院原本就和瓦拉几亚公国交好，于是，从斯纳格布失踪了的德古拉，此后来到里拉修道院。

这是史料的记载，据闻德古拉可能就藏匿在避世的里拉山区，循着斯纳格布僧侣的途径，历史学家也来到索非亚，等待前往里拉。

嗡！

嗡嗡嗡嗡嗡！

嗡嗡声回荡在他的听觉神经，他一时难以分清是梦境残留，或是脑内混乱的回音。他睁开眼，发现同寝室有人大清早在吹头发，吹风机的嘈杂甚是恼人。

阳光透进旧木窗的纹络照进来。在索非亚苏醒，想象中是件很浪漫的事，甚至应该要嗅到散发芬芳的玫瑰香，但历史学家却发现他缩身在hostel双人床的上铺，拥挤的房间各处堆放着行李、背包、湿了没干的牛仔裤，空气中氤氲着一股累积的霉味。

西里尔与美多德

一楼交谊厅的情况就更糟糕了，有人在看保加利亚新闻、有人在计算机桌前上网，然后轮流端着盘子到后面厨房拿吐司和起司，涂抹很甜腻的果酱、起司、火腿，厨房旁就是厕所，这才是整个画面最恐怖的地方——如厕的声响与嚼食声一般壮观，飘散气味和早餐完美地水乳交融。

早餐过后，客厅里的背包客们逐渐散去，那天是5月24日，保加利亚的星期一，保罗带了一些美钞，到巷口想换些保加利亚货币（Lev，列弗），想不到商铺却铁门深锁，连同对面另两家银行也都歇业，他困惑地返回旅社。

“保加利亚人都放假去了啊！”历史学家大笑着告诉他，他撕块面包屑扔给猫咪，然后借钱给保罗。

据历史学家说，那一天是保加利亚很重要的节庆，全名是“圣西里尔和圣美多德纪念日”，又被称为斯拉夫文学日，是庆祝斯拉夫语由西里尔和美多德两兄弟所创。两人是拜占庭帝国的传教士，侍奉君士坦丁大帝，为了将教义传播东欧，他们发明了西里尔字母，后来演变成东欧通用的斯拉夫语的字母。

那是在公元10世纪左右，两兄弟正是在保加利亚设计了西里尔字母，教化人民、启迪文学。也因此，保加利亚确实曾是东欧文化的起始点。

于是今天的保加利亚格外重视斯拉夫文学日，除了斯拉夫语外，他们同时也庆祝保加利亚教育文化。尤其是教职人员和学生，对于他们的字母文学是最为亲切的。历史学家告诉保罗，为了不错失索非亚的国家纪念日，他们再延后一天前往里拉修道院。反正保加利亚人都在放假，大概也不会有司机想出车。

然而相对于书卷气息，学生似乎想要的是另一套更活泼的庆祝方式。

这两三天，索非亚的学生掀起了一场疯狂的“暴动”，出没在街道间尖叫、咆哮。当历史学家他们走在路上，就常见到学生侧身坐在车窗外呐喊，配合从街头按到巷底的喇叭声；或站立在敞篷车后座舞蹈，连开窗都免了。“他们这样的学生哪来这种跑车开啊？”他们在观看游行车队时，保罗瞪眼提出他的疑问。

下个路口迎面开过来的却是一辆货柜车，然而货柜两侧的铁皮都被拆了，那些学生索性横卧在货柜里，朝曹然举起酒杯致意，一脸醉茫茫的模样。

“不知道，但这辆车应该是借来的吧！”过了很久，历史学家才随口应和保罗。

保罗好奇地再问：“他们高中毕业都要这样敲锣打鼓吗？”

这次没有人想回答他，他们震惊地目送货柜车开向街道的彼端，艰辛地在十字路口转过弯。索非亚的主要道路显然过于狭窄，再加上霸占了一条线道的电车，这样的道路对开货柜车而言实在是太辛苦了。

最后曹然摇摇头，好像下结论似的说："他们平常一定是积累了不得了的压力。不过我说他们应该要来亚洲念念书，才知道什么是压力的极限。"

她的语气是不以为然的，历史学家才想到她还是个学生，也记起自己在写硕士论文时曾尝过的煎熬，和保罗一同大笑。最近和曹然、保罗的相处非常愉快，仿佛让他重拾过去的欢笑，也可能是之前的工作总掺杂太多顾虑、太多压抑，也

只有在没包袱的旅行中，与重新建构的新关系才有机会一窥纯粹的友情。

自从历史学家接受了过去的朋友成为生命过客的事实，他开始旅行。他曾说：人生不过是趟旅程，情感或许确实很真挚，但真的不必患得患失。就像曹然说的，她延后回伦敦的机票，只为和他们再吃一顿保加利亚大餐！

他们又逛了一遍维托沙大道。保加利亚路边有些糕点和冰淇淋店，卖的却是土耳其口味的点心，尽管他们不会以戏弄观光客为乐，但土耳其的甜腻风却骗不了人。逛了半天，没见到斯拉夫文学日的活动，他们回到旅社的庭院蹲着看猫。

这些猫大概平常被豢养惯了，晚餐前后会自动群聚在公寓窗台下，仰头、耐心地等待着大餐的降临，赶也赶不走。

保罗走出旅社，看见猫群又在墙角边张望，这宣布他们也该去街上觅食了。

他们仇视土耳其人

品尝料理是旅行最美好的时刻，保罗他们最近的乐趣就是在索非亚寻觅美食。保加利亚饮食文化如同他们的艺术，囊括民族巧思与讲究。他们前两天吃到了烤牛舌，是种加盐烤制味道很重的料理，还有羊头肉、焗烤牛肉加蛋，以及一盘用面包卷起司再淋一层起司蛋，表面洒满东方香料，令每个人啧啧称赞的奇妙料理。

斯拉夫文学日当晚，他们循着当地人的指示找到一间颇受好评的餐厅，餐厅名称是Manastirska Magernitza，保加利亚语是“修道院厨房”的意思。

修道院厨房是索非亚的高级餐厅，虽然不及布加勒斯特的“啤酒马车”知名，没有络绎不绝的旅行团，但餐厅坐落在19世纪简陋的石墙建筑内，外形仿似僧侣的住宿，菜单的主菜创意来自保加利亚各地修道院，展开菜单，就有里拉修道院的名字。

服务生推荐他们招牌炖兔，随后端来盛装面包的高脚盘，现烤面包的口感非常松软美味，盘子边缘洒满红棕色的粉末香料，可以沾着面包或炖肉吃，增添风味。

他们花了不少时间解决兔肉，再步出餐厅时，夜色早已浓浓地笼罩在索非亚上空，街上仍点亮着招牌的大多是杂货店，听说这座城市存在一部分夜生活，但夜归行人仍稀疏沉默，步伐决断，没有逗留街道的犹豫。

他们经过维托沙大道时，路边栏杆上有几个正在低声谈话的年轻人，其中一个从毛帽下盯着曹然，忽然吹声口哨，带着轻浮的低声窃笑。

在接下来的瞬间，历史学家大吃一惊，还没来得及以眼角去留意那个人，他的右手却早已熟练地握住口袋里的防身喷雾，而且拇指也推开了保险栓，身体已经在不自觉中维持着警戒状态。但回过头来，他才发现保罗正忙着欣赏路边展示窗，没听到挑衅的口哨，而曹然虽是察觉到了，却是满脸的不在乎。

“没事的。”曹然摇摇头，低声对历史学家说。

历史学家不好意思地松开了出汗的手掌，暗自佩服曹然的淡定，但仍有点儿疑虑。再走一段路，他侧过头，还可以瞥见那个年轻人双手插在口袋里，兴趣浓厚地看着他们。

“但那些人……”

“他们不敢乱来的，现在不会。”曹然眼中闪烁着不确定的神色。

历史学家的警戒是有原因的，保加利亚独立的数十年来，仍是时有耳闻保加利亚人会攻击土耳其人，连带其他东方人都有可能被列为目标，苏联时期恶名昭彰的“光头党”，在保加利亚也曾经活跃过，其数量伴随累积数百年的反土耳其情结而增长。

在过去殖民的五百年间，土耳其自然对保加利亚有太多无法被记载的迫害。仇恨愈来愈纠葛，后来，俄国也以解放保加利亚为名，掀起了俄土战争。常言道，敌人的敌人就是朋友，保加利亚人因此亲近俄国，有些根深蒂固在基因里的观念，自苏联解体与保加利亚民主化后，至今依然没有改变。

过去官方曾宣称保加利亚境内有斯拉夫人，吉普赛人，就是没有土耳其人。

电影《保加利亚天空下》有段剧情，说的就是一个来自伊斯坦布尔的家庭，走在路上，莫名其妙地被一群年轻人殴打，那体态臃肿的父亲被打到满脸是血倒在车轮旁，母亲和女儿跪坐在地上尖叫，那画面很难从历史学家印象中消逝。

曹然说，索非亚的治安已经比那时改善很多了，除了难以撼动的反土情结外，少有袭击事件，但历史学家仍不放心，防身喷雾依然在右侧的口袋中。

里拉修道院

路，愈走愈偏僻，已经有10分钟见不着成群的房舍。

荒野边缘有个向左的岔路，历史学家的视线透过车窗，看见一尊粗糙的石像孤独地矗立在草丛中，像被遗弃的路标。司机就在石像旁的岔路口转进比较狭窄的道路。

司机说，岔路通往里拉，而另外一条路则开向马其顿共和国。里拉在索非亚南边的里拉山脉，它是巴尔干半岛上最高的山峰，色雷斯语中，里拉是多水的山的意思，今天的里拉依然布满水气和沼泽，旅人间盛传的里拉七湖即是指里拉山里七座绝世的湖泊。

那天早上，保罗、历史学家找了开往里拉的车。进入里拉山区后，微风吹拂在山区，荒野的气息被森林冲淡不少。道路彼方是里拉市区，小镇上有许多暂时停靠在这里的游览车，方向都朝着里拉山脉，都是要去里拉修道院的观光客、旅行团。从市区开始，才是通向里拉修道院的起点。

这里的山路和特兰西瓦尼亚不同，不是那种顺着山壁往上攀登的环山路，而是低着头在峡谷里寻觅出口，从峡谷中间劈砍出的一条前往山坳的路。山路两侧山壁异常高耸，呈现出合围住道路的气势，谷地还有涓涓溪流。

就这样走了半个小时，路边开始聚集壮观的车潮、人潮，大概在距离修道院一千米内的道路两旁已经停满汽车，再也走不动了。

司机张望了一会儿，停下车子，让历史学家他们先进修道院，他自己想办法去找车位。

里拉修道院是圣人伊凡·利尔斯基于公元927年所建，直到14世纪末时，里拉仍是保加利亚众多割据的封建领地之一；大约在德古拉继位瓦拉几亚王位时，

15世纪，保加利亚被土耳其攻占，里拉惨遭掠夺。重建后的里拉始终是东正教在保加利亚的总坛，巩固着保加利亚人的信仰。

后来的殖民时代，土耳其人占领了里拉修道院，大致上实施了宽容的政策，对于里拉没理由的敬重更超越其他寺院，里拉吸引着各地的修道士前来朝圣，时至今日，里拉仍保留着最多的中世纪典籍文本。

那些伊斯坦布尔所遗失的拜占庭文化，至今仍密藏在这座绝世幽谷里。

19世纪时，里拉遭祝融之灾，多数古物毁于一旦，据说当时募捐者众，全国上下一心，短短一年重现里拉，可见里拉对保加利亚人的非凡意义。

历史学家对里拉没多少了解，这些都是他从书中读到的信息，饶是如此，也足以体会为什么今天里拉是圣地。院落内一个来自我国台湾地区的导游说，他们团来保加利亚就只看里拉，至于大特尔诺沃是什么，他们没有兴趣、也不在乎。

每个人对里拉的第一印象，基本上都来源于它淡漠纯粹的色彩。里拉有黑白灰条纹构成的独特外墙，整座修道院大致是四层楼建筑围成的巨大多角形，庭院中崎岖的地面上嵌着磨得圆润的鹅卵石。隔着围墙能看见外头的里拉山，雾霭浓浓笼罩四周。

主教堂旁，岩石砌成的赫雷利欧塔是全修道院最古老的一部分，它曾幸免于那场灾难的烈焰。据说塔名是以1335年一位捐助贵族的名字命名的。现在的塔底倒是开了一间生意兴隆的纪念品摊，摆着各种尺寸的圣画像，圣伊凡的、西里尔的，有空隙的地方就挂明信片，旅客挤在台阶下，争着把钱往里头送。

另一边，保罗和历史学家随队伍走进主教堂，教堂门廊每一寸都是色彩活泼的画，描述地狱与天堂的景象，然而它们却被从内而外的观光团围得水泄不通。

主教堂内光线阴阴暗暗的，还搅和着潮湿的气味，他们注意到屋顶竟然搭了脚手架，也有一些施工的痕迹，显见里拉仍在持续保养中。历史学家和保罗依循着传统和人潮，在柜台里买了几根黄蜡烛，在络绎不绝的观光客中排队走向祭坛。

祭坛旁的烛台早已塞满蜡烛，僧人勤快地摘下烛火，那些来不及燃尽的部分，徒留蜡油滴在地上凝结成块。

山区原本就冷，再加上里拉山阴雨绵绵，不耐寒的观光客都躲进主教堂内挨着蜡烛取暖，保罗和历史学家也坐在教堂内的木椅发抖，等集合的时间来临，正好听见旁边一位导游说，2002年，教皇若望·保禄也在这一天来修道院拜访里拉的院长。历史学家低声问保罗："你听到了吗？罗马教皇也来拜访里拉？"

保罗边搓着双手取暖边说："是噢！希望他喜欢里拉的天气。"用漠不关心的语气。

更多人挤进主教堂，空气开始像冬天的衣柜般愈来愈湿闷，历史学家留下保罗继续搓手，独自往修道院外围的建筑走去，有位身材高大、胡须及腹的修道士看见了他，伸手把封锁的绳子拉高，示意历史学家上去看看。

二楼几乎是修士的房舍区，不对观光客开放，也幸好人群没有侵犯到走廊的幽静。数百间修士房前有直条纹的地板，窗格、门扉上有深色油漆的痕迹，刷白的墙壁不平整地凹凸着，若真要比喻，就像是新落成的小学教室，静待一批学生的到来。历史学家沿房舍环绕着修道院漫步，一阵雨飘过去，雾霭淹没了里拉山，像包围修道院的彩绘，他看着、笑着，好得意来保加利亚这一趟。

确实，曾有人劝阻他来保加利亚，说很危险或很落后。但他回顾自己过去的人生轨迹，总执着重复着自以为是的选择，选择叛逆、选择独自旅行。直到看过精彩的世界，他却已无法再回归社会的期待。里拉再美，也不能逗留一辈子啊！

当约定的时间来临时，保罗和历史学家都等在修道院门口，反倒是约好的司机姗姗来迟，他没多加解释，等确认好他们都塞进后面座椅，他没有掉过头开走，却是继续往前从修道院左侧绕一圈，朝里拉山前进了。

保罗看着窗外的人潮渐散，忍不住问："我们是要去哪里呢？"

"唔……"他说，"我们还要去圣伊凡洞窟。"历史学家转告司机含糊的话语。

圣伊凡

道路持续往里拉山深处缓缓爬升，把观光客的喧嚣遗落在修道院。等历史学家想到再回头时，满山的绿树恍若洪水狂泻，淹没了修道院显眼独特的黑白色调，几秒后，就再也望不着了。

他闭上眼，彩绘横条纹仍轻轻漂浮在他前面，还有护卫德古拉尸首的修道士，匆匆行走在崎岖的山路上，然后，同一片翠绿色把他们身影揉得失焦。

他们的车停在草地上，道路左方有一幅巨大的圣画像，刻画在累积岁月沧桑痕迹的石碑上。画像的主角是年迈的老者，头戴圣人特有的光环，站在一处山洞前方，山洞的漆黑里只彰显了一具十字架的存在。

历史学家率先下了车，他指着壁画，对保罗说："你瞧，里拉的圣伊凡！"保罗也过来端详这幅画。画中圣伊凡的手正把一只卷轴递出来，那是代表保加利亚东正教精神的传承，几百年来，站在他们这个位置朝圣，是保加利亚各地修道士的期望，尤其是在土耳其殖民的五百年间，那就是信仰、就是希望。

"喂！往这边！"司机站在山坡上对他们喊叫。

他们一直盯着壁画议论，可司机早走进森林高处的碎石小道。保罗跟在司机后面，历史学家刻意懒散地跟在最后头。这座淡绿色的丛林有种迷离感，勾引着他们的知觉，历史学家眯着眼，看见有几匹野马穿梭在树林中，发出轻轻的嘶声，恍似梦境。

清新的"芬多精"荡漾在他们身边，沿着粗糙的山壁前进，左边的整片山谷被树叶遮掩得隐隐约约，这种绿很协调，强调了整座山的纯粹，他的脚步也跟着放慢。

拨开层层树林，最后看见的是一座石头堆造的小教堂，那是圣伊凡修道院。司机好几次没耐心地催促他跟上，历史学家才惊觉保罗他们都径自走向修道院后方的狭窄走廊。走廊直直贯穿进裸露的山崖，向上连接一处洞穴，令历史学家十分好奇。"那个洞穴里面是什么？"他问司机。

"里面是圣伊凡住过的山洞。"司机说。石阶后的道路极狭窄，好在除了司机以外他们都还算娇小，洞窟中只有一盏烛盘，点满十几支蜡烛，除了热气，也是黑暗中唯一的光明。傍侧的募捐箱轮流吞下他们自愿奉献的铜板、零钱。

洞窟外是圣伊凡修道院，这大概是他们在保加利亚看过的最小的教堂。这里的主厅只有两间狭小的房间，房间内布置得非常简陋，除了同样爬满墙面、大半都已斑驳褪色的壁画，就只有矮小的烛台、窗台上的花束，春光间一股芬芳，展现着圣伊凡不凡的清新气质。

看守圣伊凡修道院的修士看见他们几人走进门，堆满笑脸地站起身迎接，他和司机一握住手就叽哩咕噜交谈不歇，显然是旧识。他们闲坐在修道院前，等历史学家和保罗逛完一圈，司机立刻跳起来说该回程了。

从洞窟下坡的路比来程短暂许多，很快又再度瞥见谷底里拉修道院的黑白条纹隐隐现踪，此时，历史学家忽然俯身向前，低声对司机嘱咐，后者点点头，缓缓地把小轿车往路旁开去，在柏油路未覆盖到的草地上熄火。

历史学家开门走下车，保罗才忍不住问："咦？他……"但他看见司机也满脸疑惑，便立刻住口，他们惊慌地发现历史学家正朝向树林里走去，那片树林是一整块深邃得不见底的绿，很快遮掩住历史学家的身形。保罗有点儿担心，赶紧在后面跟了过去，司机更是紧张地走在后头。

树林后面是一条绿意盎然的河流，河中散落着大小各异的圆石，保罗走到河边，看见历史学家坐在河畔溪石上，闲适地把双脚都泡在溪水里。

保罗问他："你怎么忽然下车了？"说着，也动手脱下鞋袜。

历史学家指着溪水说："我听见里拉河的声音了。你看，原来里拉河一直藏在树林的后面，只是我们不知道罢了，来！坐一下吧！"说完，他闭上眼享受让心思沉淀的凉意，此时司机气喘吁吁跟上，松了口气，站在他们后面抽着烟。

他们不再开口，浸在春意中，享受着片刻脱离世界的平静，树林里回荡着里拉河流动的潺潺声。

圣乔治屠龙

看着里拉河清清地流逝，历史学家想的却还是方才的那幅画。

圣伊凡修道院的祭坛上，供奉着一张著名的圣画像，这张圣画像的画工透露着古老的斑痕，表面处处泛黄。画上是一名骑马男子，头上顶着圣人独有的光环，挥舞着细长的长矛刺向马蹄下，下面有一条露出狰狞毒牙的蛇，那条蛇的耳朵和嘴巴都细长尖锐，全身披满鳞甲，龇牙咧嘴地对着骑马的男子怒目而视。

自从历史学家进入保加利亚以后，就不断地在教堂、修道院，甚至是纪念品摊上看过这幅画。有时候构图不尽然完全相同，但表达的内容大同小异。随行的司机告诉他们，它在说一段保加利亚人人熟读、东正教会崇敬的传说。

“哎！你们怎么可以不知道圣乔治啊？”他带点儿开玩笑的不满说，接着向保罗仔细解说圣乔治节，历史学家是曾经听Roxy提过，却没有司机所说的详细。

司机说，圣乔治是出生在公元3世纪的东欧人，根据民间传说，圣乔治曾来到一处饱受恶龙作乱的村落，挺身与恶龙鏖战，最后一枪刺死恶龙于马蹄下。就在那瞬间，恶龙的血喷溅四周，血落地后绽放出满地鲜艳的玫瑰花。

玫瑰是保加利亚流淌的鲜血，圣乔治是镇压恶龙的象征。

而龙，是德古拉。

原来斯纳格布的僧侣没有停留在里拉，他们怀抱使命和恐惧，在土耳其人的监视下离开里拉。史料追踪到一个名叫巴赫科伏的地区，山谷里有间历史悠久的圣乔治修道院，那里是座圣山，也是吸血鬼德古拉最后的藏身处。

听完司机讲的圣乔治传说，保罗倒是联想起J.K.罗琳风靡全球的《哈利·波特》系列，其中也有个保加利亚人喀浪，那段三巫斗法的大赛，很像是奇幻版的圣乔治屠龙。

当保罗告诉历史学家这个想法时，历史学家忍不住大笑，顿时感到轻松不少。

第九章 上帝的后花园

龙来到我们的山谷，烧毁了作物，掳走了姑娘，
他恐吓土耳其异教徒，保护我们的村落，
他的气息烧干河流，我们徒步过河。

伊丽莎白·科斯托娃(Elizabeth Kostova)《历史学家》

“传说啊，在天地之始、创世纪之初，上帝为世界各国人民分配该有的土地，于是英国人得到了岛、美国人发现新大陆。”过一段时间，我也来到保加利亚，在普罗夫迪夫这座城市住了下来，某个下午我们围坐旅社庭院的草棚下，听保加利亚人讲他们骄傲的童话故事。

“但保加利亚人却来迟了，他到的时候，已经没有土地可分，上帝只好把自己的后花园让给保加利亚人，那后花园里有个美丽的山谷，栽满玫瑰，河水是甜美的。”

“上帝的后花园，就是保加利亚的名字。”

在上帝的后花园里，最著名的不是那些壮阔绝世的高耸山峰，也不是崎岖深阔的纵谷峡湾，有的，就只是和煦阳光，微风温柔，徐徐吹拂在田野乡村间。

我得同意他们绝对有骄傲的自信，印象中，普罗夫迪夫总有绿荫和石砖道，

黄昏时刻，被橘色光辉的斜阳包围，即使它是资历久远的古城，弥漫的却不是古老的沧桑，而是一种优雅、举世无双的气质。

旅行过这么多国家，我却再也不曾拥有那天的邂逅，迥异于索非亚爆炸性的背包客聚落，普罗夫迪夫的背包客格调更高许多，他们捧着书本，在亭子下轻声谈论，一派文青的模样。固然不比大特尔诺沃有那样浑然天成的山谷在脚下，但依然保持保加利亚简约的原貌，古城街上、巷口，处处是突出的窗棂。

推开窗口，从旅社俯瞰今日普罗夫迪夫的新生命，从巷弄中钻出的喧哗声，以及上面那片清澈蓝天是如此的宽广，眼底到心底，总有说不出的遥远。

最近新城区似乎不怎么平静，除了毕业生仍然疯狂宣告他们结束课本的摧残外，也有许多抗议示威的游行队伍宣泄他们对于政府的不满、失业的无语，诸如此类，我没亲眼见证到，是听旅社柜台服务员和其他背包客说的。

旅社柜台服务员是个很健谈的小女生，很喜欢和各国的背包客在棚子下聊天，她说，保加利亚是现今欧盟中最贫穷的国家，他们的生活其实很艰难。虽然近几年来，我在家乡也阅读不少“欧债”报道，但他们说的“债务大国”，和保加利亚拮据到令人咋舌的财政相比，简直堪称富裕。

保加利亚人倒也没太绝望，如同石缝下杂草展现的坚韧的生命力。我曾在古城的运动酒吧里看见他们替支持的联队呐喊，至少这点乐趣仍在。

有时我整天在古城逛着游荡，后城区街道不仅是倾斜的、还是弯曲的，那别扭的延伸破坏了地面圆石的平整，也逼迫两旁的建筑维持着艰辛姿态，可是建筑物突出的窗棂却被涂上鲜艳色彩，蓝色、橘色，有如童话故事中可爱的城堡。

但古城里并非只有老物件，事实上，美术馆的数量可能比遗迹多很多。在我住宿的旅社隔壁，就有间时髦的美术馆，它一楼的大厅放着画作、雕塑，再往里头是座可以鸟瞰普罗夫迪夫的庭院，庭院里常走动的是穿着西装或套装的文人雅士，他们用手指捏着高脚杯饮酒，门外还停着一辆奔驰敞篷车。

那时的我就在想，在不久的将来、或未来，我会很想念那段在保加利亚的时光。

就像历史学家也把心中的一部分留在保加利亚一样，回不来，也不想回来。

听历史学家说，在索非亚的最后一天，他试着在麦当劳啃个干扁的汉堡，然后保罗就送他到火车站搭车，顺便找间药房买他要的感冒药。

历史学家至今对自己轻易离开索非亚这件事，一直感到很不解，索非亚纵使在各方面囊括首都的俗气，但美味的炖肉、跳蚤市场、闭上眼就嗅到的冷冽空气、东欧城镇特有的复苏痕迹，件件都令他怀念。

曹然早历史学家一天就离开索非亚了。她回到伦敦的学校，继续案牍劳形写硕士论文，后来再听闻她的消息时，她已经在联合国教科文组织里工作了，偶尔在媒体上看到她写一些巴尔干半岛的文摘；保罗不知道在索非亚逗留了多久，因为历史学家再也没和他联络，甚至，连张照片也没留下来。

七座山丘

一个和煦的夏日午后，晴朗却不闷热，保加利亚平原上散布的栽植绿色的草丛。再过半个月，那些草丛会点缀起美丽的花朵，而田里的农民，他们会拎着篮子，披着白色或红色的布巾，摘下玫瑰花瓣。

列车从索非亚离开，历史学家前往南部普罗夫迪夫，他不幸地和两个对东方有狂热兴趣的保加利亚人同一个车厢，他们不厌其烦地缠着问：“你去过印度吗？”“你看过印度舞蹈吗？”“中国人都会功夫吗？”等他们总算问累了，挺起肚子躺卧沙发酣然大睡，历史学家才走出车厢，看窗外奔腾的绿。

据说普罗夫迪夫是世界最古老的城市之一，有将近6 000年的历史，甚至更早于希腊的雅典、意大利的罗马就有早期的人类部落。

火车站往北，历史学家来到市中心的斯坦波洛夫广场，广场的周围有相当程度的现代化，银行、餐厅和咖啡店样样俱全，充满年轻人的朝气。他们会在街上经营各种的摊铺，变魔术、卖冰淇淋，甚至教人踢足球。

贯穿城市的亚历山大大道沿途尽是游客，广场路旁有一尊奇特的雕像，是个滑稽的矮个男人在侧耳倾听，由于姿态诡异，很引人侧目。围绕拍照的外地观光客，当地人告诉历史学家说：“喔……他是米洛啦！是35年前住在普罗夫迪夫的当地人。”听说笨蛋米洛因为得脑膜炎而受到不少欺凌，但他依然乐观地面对人生，米洛象征着这个城市单纯、执着于善良的一面，却也平凡如同你我一般。

走过雕塑米洛的那块热闹的区域，尽头是达兹玛雅广场，也就是古城区的入口。广场中心有个深藏地底的罗马竞技场，竞技场中心是尊高高在上的雕像，那是来自马其顿的征服者，腓力二世，征服者亚历山大大帝的父亲。

在亚历山大帝国前，公元前342年，腓力二世（马其顿国王）攻下色雷斯人的要塞。这是座重要的堡垒，这场战役也极具纪念意义，于是他用自己的名字为要塞命名。

菲利普波利，就是普罗夫迪夫最早的名称。现在腓力二世雕像站在普罗夫迪夫新城的街上，历史学家抬起头，看见他赤裸上身、下半身围着块古希腊的布料、单举右手、侧影面向亚历山大大道。

直到公元46年，罗马帝国占领了当时的菲利普波利。他们将现在的古城区命名为特里蒙提，在上面盖了许多罗马建筑，如竞技场、剧院之类的。

听说，最早的普罗夫迪夫被七座山丘包围，曾被称为七丘之城。但约莫一个世纪前，其中一座山丘在开发过程中被夷平，最后普罗夫迪夫只剩六丘。最著名的罗马帝国遗迹，都集中在这座被称为特里蒙提的城区，今日的古城区。

数千年过去了，特里蒙提融合了应势而起的观光业，历史学家沿平缓的上坡，拾阶攀登称不上陡峭的坡地，沿途绿荫处处、商店锐减，而恬静的房舍像别墅区般各成一块院落，对外地人而言也是非常陶醉的。

书上说道："特里蒙提的画家做美梦，地图学家却做噩梦。"很点题地形容了今天的普罗夫迪夫。

特里蒙提的规模也不甚大，旅人居住在山丘中间的街道区，南端悬崖是壮丽的罗马剧场遗迹，北端是内贝特佩的要塞遗迹。保加利亚受古罗马的熏陶，在普罗夫迪夫最能找到类似的痕迹。

内贝特佩是个空旷的废墟，色雷斯人在公元前四千到五千年前，就是在这里建造要塞的。在古色雷斯语中，内贝特佩的意思就是"祈祷者山的丘"。

现在内贝特佩的城墙已经所剩无几，反倒是一些土墙上被观光客画上涂鸦，爬满丑陋的文字符号。历史学家爬上土墙，观看着内贝特佩每一个角落，那个堪称远古的野蛮部族，在内贝特佩围建了一座要塞，如今只剩下模糊不明的轮廓。从土丘上看出去，正好是山脚下的马里查河与现在的普罗夫迪夫新城，看来普罗夫迪夫已经重新找到新生的起点，马里查河往希腊而去，灌溉了爱琴海多彩多姿的传说。

罗马剧场在靠近古城南端的悬崖旁，就在通往普罗夫迪夫新城的隧道上面。观众坐在剧场里，便能看见后面普罗夫迪夫整座城市，隔着空旷的门廊，蔚为壮丽。

公元2世纪时，罗马剧场由古罗马皇帝图拉真所建，据说可容纳6000名观众入场，场内的座椅和舞台都是大理石砌成。然而普罗夫迪夫并不产大理石，大理石是从遥远的希腊搬运而来，工程的浩大可想而知。

古罗马帝国是欧洲的一段辉煌记忆，从意大利到土耳其遍布罗马遗迹，历史学家先前从未去过罗马竞技场，有关罗马遗迹知识也都是从电影或照片中得来的，却没想到有一天，就坐在一个不太知名的罗马遗迹中，看一场廉价的演出。

实际上，罗马剧场遗迹很像用几块积木堆积而成的，这工艺肯定是出自没有结构观念的孩童才能把石柱叠得那么怵目惊心。底部或许砌得还结实，但上面只有两根孤独的圆柱支撑巨大的石门，仿佛一阵风吹来、或四周地面晃动，就足以让积木哐啷一声彻底崩解，这一切都建在悬崖边，而悬崖下就是新城区。

从远古到今天，普罗夫迪夫就驻守在山丘之颠，任无数场夕照从远方散入罗马剧场的拱门，洒向剧场上的石砖座椅，印在特里蒙提。

罗马的戏剧谢幕了千年，但这一天，历史学家仍坐在观众席上追忆剧场的余音。

巴赫科伏

中午前的普罗夫迪夫天气炎热，历史学家躲在咖啡店的阳伞下，吃点儿冰淇淋、喝咖啡，店的名字是梦想咖啡店，据说这里很受欢迎，层层阳伞下总是座无虚席。早餐后，历史学家走到巴士站，车站的站名是洛多皮，站里的车专门开往南边洛多皮山里的城镇。历史学家正是要进入普罗夫迪夫南部的巴赫科伏山区。

洛多皮山脉在巴尔干半岛是著名的圣山，盘踞在希腊和保加利亚之间，深受古代罗马人的崇敬。历史学家听过某些神话，谈到罗马人深信洛多皮天使或神迹的传说，若是德古拉藏身其中，想来，倒是挺讽刺的。

历史学家走进车站月台，指着一班即将发车的巴士询问其他保加利亚人：“巴赫科伏？”他们咧开嘴，体贴地笑，摇着头异口同声回答：

“Da！ Da！Da！”

Da？Da应该是Yes，那些人却拼了命地摇头，他愣在原地，不知道该做什么反应。人群中倒是有位老人家机灵，立刻改成点头，但他混在摇头的人群中反而突兀，他们全然是善意，反倒让历史学家有不确定的错乱感。

老人会一点儿英语，他说保加利亚人的摇头就是没错、是的。他们点头和摇头的定义很不同，点头反而是不对、不是这样子。历史学家想起研究所同学曾说过印度人也有类似的习惯，只是印度人摇头是以下巴为轴，脸朝着对方，滑稽地晃动头顶；而保加利亚人的摇头就是摇头，你真的碰到了，才能体会那种诡异的违和画面。

好事的群众愈来愈多，老人连忙拉着历史学家上车，向司机解释清楚。原本会去巴赫科伏的旅人就很稀奇，历史学家在这里更是个奇异的存在，司机得知车上竟有东方来的背包客，要求他务必坐进副驾驶座。

历史学家是最后一位乘客，司机发动引擎，往洛多皮山区的方向驶去。

里拉山、洛多皮山，保加利亚南方的景色都有相似的地方，自从离开市区后，两侧的山壁好像逐渐压迫到道路，同时经历急速拔高，辟出深邃的峡谷。当历史学家察觉到这点时，前方的视野已经被彻底夹杀，树丛几次试图遮盖住柏油路，在进入巴赫科伏村前，令人窒息的狭窄更加严重。

巴赫科伏村车站旁是座小桥，下方一条河流湍湍流往普罗夫迪夫的方向。下了车，司机对他挥挥手，车很快开往深山里去了。

村庄在道路的对面，沿着峡谷往上游与下游盖上了各种房舍篱笆，历史学家走过空旷的马路，村庄外有位坐在凉椅上的居民，双目无神地盯着夏日里缓缓飘动的白云，问他巴赫科伏修道院在哪儿，他指向路旁的山坡，也是懒洋洋地。

走在上坡道的路上，历史学家逐渐听见自己内心的悸动，不是由于登山坡道的艰辛，而是一股莫名亢奋的期待。前方的修道院开始现身在山坡路的顶点，那是一栋三层楼高的塔楼。巴赫科伏修道院是保加利亚第二大修道院，却和里拉彻底不同，它在山谷平淡地历尽年岁，门外既没有连绵不断的游览车、也没有拥塞的观光客人潮，虽然这里天气晴朗而炎热，但也比里拉那种天气好得多。

修道院的庭院里有好几棵枝丫茂密的树木，它们从石砖的缝隙中冒出来，宽广的树荫遮盖了修道院的外墙，绿意很浓厚。

巴赫科伏修道院建于1083年，最早是由拜占庭的军官修建，曾和里拉修道院一样经过短暂的辉煌。15世纪特兰西瓦尼亚沦陷后，修道院曾经被土耳其人攻占，据说当时土耳其人大肆搜刮，似乎是刻意要在修道院里寻找些什么，过了段时间，土耳其人一无所获，才陆续退出洛多皮山区，只是士兵们仍持续监视着巴赫科伏一带的山谷。数百年间始终冰冻尘封圣地，直到20世纪保加利亚独立后才慢慢修复原貌。

修道院的主体建筑是圣母赞颂教堂，入口处的墙壁、天花板说的都是圣母的画像，实际上，巴赫科伏修道院主要供奉圣母玛利亚，入口处的门廊壁画就是圣诞时的景象，圣母怀抱耶稣接受天使的祝贺。

走入教堂第二层的礼拜堂，历史学家萌生的第一印象是狭窄，然后他看清楚是装饰过多的缘故，教堂的地板上散落着祈祷坐垫、木椅，甚至还有石碑，角落放置了许多废弃的木梯和脚手架，如同装潢一半就被停工的新居。

历史学家环顾教堂，找到了一位看起来很老的修士。他就坐在祭坛左侧窗台边的木椅上，黑帽下的面孔既苍老又茫然。历史学家走到修士面前，一时却不知道该怎么和他对话，不过老修士花了一些时间还是注意到了他的存在。历史学家连忙合掌，按照原定计划拿出赠给修道院的礼物，由年轻的修士代为收下。

看见历史学家的礼物，老修士忽地站起身，颤抖地牵住历史学家的手，拉着他到一幅被封印在玻璃柜的圣画前面。那是幅圣母玛利亚的圣画，它是巴赫科伏的宝物，许多朝圣者是为它而来，玻璃的表面仍印满了无数清晰的吻痕、指痕。

在他身后，老修士动作缓慢地爬上三层台阶，和他并肩站在圣画前，他们瞻仰了一会儿，老修士开始祈祷，并要求他照着做：右手手指捻成鸟嘴形状，在胸前正确画十字架，最后亲吻圣画。他一遍遍地被矫正姿势，直到修士露出心满意足的笑容为止。

祷告完毕后，老修士牵着他步出修道院。走回庭院的阳光下，晴空耀眼，这次他可以看清楚修士脸上每道深刻的皱纹，它们为见证巴赫科伏的岁月而存在。

老修士迟钝地想想，然后伸手从黑袍的领口内袋掏出一条纤细的银色链子，链子上垂挂着一个小巧十字架，银链子被挂上历史学家的脖子。年轻的修士走过来，解释给他听：从很久以前开始，赠送银十字项链就是他们替旅人祈祷平安的信物，如今这个习俗被保留下来，代表老修士对他的关怀，也是祝福。

听完这番话，历史学家的心海流过一股温暖的感动，直直冲向最深处。或许老人不会明白，他不需要护身符，也不是真的相信会遭遇什么事，但无以言表的关怀让历史学家很受用，阳光下，十字架竟闪烁着格外耀眼的光芒。

老修士最后再伸出手指，在历史学家身上画上十字，才不舍地松开手。

带着巴赫科伏修道院的祝福，历史学家转身走向大门。当历史学家再回头时，老修士仍坐在庭院的矮墙边，沐浴着山里的阳光，像是睡着了似的。

留给世界的神话（一）再见，历史学家

步出修道院大门，历史学家才注意到他上山时爬的坡路其实是条小路，而正对着大门的则是另一条平坦的道路。

平坦的路通往右前方更深处的山谷，从历史学家这个角度，看不到它藏匿远方树林后的尽头。远处的入口有扇铁门，还有个简陋的岗哨，而铁门的门锁却是被撬开的，无济于事地悬挂在门把上，宣告它已失守多年。

四下无人，历史学家推了推铁门，一侧身就走入那条通往树林的道路上。

传说这条道路的别名是“龙之尾”，是进入洛多皮深山的起点。龙之尾通往德古拉最后的藏身地，再往上继续走会走到河谷的起源地，那里有一座迷你的村庄和简陋的教堂，那便是圣乔治修道院。15世纪末，德古拉被斯纳格布僧侣埋葬在山里，此后这附近仍不断传出德古拉出没的传说。

不久前在巴赫科伏修道院前廊下，历史学家满腔兴奋；现在真正走上龙之尾，他却是脑中昏沉，但和中暑无关。历史学家说他并不期待在圣乔治修道院里发现什么，千百年来，各地学者都在这儿找寻德古拉的下落，追踪吸血鬼神出鬼没的脚步。

后来历史学家每次说到这一段，都会特别提到他对于德古拉的坚持，也许他的心始终没有获得救赎，事实上，他也一直不认为旅行能改变命运。在这两年间他经历的那段恋情的失败，就像是我常听说的故事，说对方真的很好，值得令他一蹶不振，在很长一段时间他再也没有努力的动机，连带对未来也丧失了信心。据我所知他从此把心深深锁在那个时候，后来的旅行，我猜想也只是心碎无法遏止的轮回。

他或许夹带着一些逃避的心态来东欧，但在此刻，他是专注于探索的，我想他是真心认为自己和德古拉一样，可以将故事永远埋藏在保加利亚的深山里。

旅行是寻找生命遗落的体验，自己空缺的拼图，总有一天会在旅程中发现。我不知道他对于人生的想法是否有所改变，但他自有一套倔强的哲学去适应另一段人生。我也不知道那是什么，但旅行终究还是让人坚强了。

微风拂过山谷底，树林中的窸窣声在地上凝成各种光影。地面有连成一气的树荫，在树下还有砖石砌成的矮篱，有点儿像花园似的别致，上帝的后花园。

天空依旧晴朗，飘散着舒适宜人的芬芳。这天气不会是吸血鬼出没的好日子吧？

历史学家真心灿烂地笑了。

留给世界的神话（二）龙之谷

历史学家从东欧回来后还是继续住在那座城市，这几年他也开始演讲、说故事，不过他好像是忘记了在布加勒斯特收到编辑邀稿的事，反而是我对特兰西瓦尼亚愈发感兴趣。我一再想起历史学家说过：“终有一天，你会去特兰西瓦尼亚，因为你想拜访传说，而且你也相信传说。”我倒觉得特兰西瓦尼亚那段日子像梦，太没有真实感了。

不过，当时我真的忘记问他在巴赫科伏找到了什么，那条山路究竟有多长，德古拉传说的真相到底是什么，直到我踏上保加利亚的土地，疑窦才如喷泉般从心底泉涌，让我困惑，也让我悸动。

那一年我也搭同一班车，来到巴赫科伏修道院门前。修道院里，我拜会了巴赫科伏的老修士，找到了那一条通向龙之山谷的道路。

保加利亚的天空，宛如那天一般晴朗。

走在巴赫科伏，我渐渐地想明白了，探访吸血鬼德古拉的旅程不是为了打破传说。他早已离开罗马尼亚和保加利亚，在世界各地神出鬼没地作祟，他有过不同的名字，有些甚至知名到家喻户晓，莱斯特、爱德华、向达伦，每个人多少都曾听闻。他的职责是要扮演深入人心的角色，又怎会愁困在保加利亚山区里呢？

德古拉确实是复活了，实实在在地活在每个人心中，它成为了一个象征、一种信仰。

一则留给世界的不朽神话。

这会是历史学家找到的答案吗？即使他的内心仍满是愤慨，但是不是他在旅行中敞开了另一扇窗想留下什么？他是不是继续挣扎，试图在他的城市里寻到自己的方向？最重要的是，他能否从过去悲伤的回忆里逃脱？自从我第一次听他的故事，就不确定我是否想要知道答案，无论那最终会不会是个幸福快乐的选项，我衷心地祝福他。

后来，我终究是没走完那条小路。乘坐巴士顺着溪谷的道路离开小镇，途中我的目光不曾离开车窗，取而代之的念头是那些从巴赫科伏流传出去的传说，是怎么辗转世界、成为经典。我想我再也无法忘记巴赫科伏的山谷了。

那道仿佛可以驱散心中的阴影，穿透车窗、闪烁在瞳孔里的天光。

留给世界的神话（三）圣格奥尔基

从巴赫科伏回来，我在索非亚度过一些时日。当时几乎是整天漫步在每条街道，历史学家说的没错，它确实是个精巧细腻的城市，你会发现街道不宽敞，却贪婪地塞满了故事，偶然的教堂或遗迹是美丽的意外，点缀着城市的妆容。

游荡索非亚的第三天，我跟着城市向导解说的步伐，聆听古迹的背景故事，这才意外地发现索非亚竟然也有一座圣乔治教堂，而且是唯一在德古拉年代之前就存在的。

它今天的名字是圣格奥尔基教堂。

圣格奥尔基教堂就盖在保加利亚共产党本部和圣佩特卡地下教堂旁边，它的位置，竟然坐落在喜来登饭店的中庭里。圣格奥尔基教堂是公元4世纪时罗马人在索非亚建的，不仅是索非亚最古老的建筑，还是全世界最早的教堂之一。

当时的罗马人以圣徒的名字替它命名，所谓“圣格奥尔基”，其实也就是塞尔维亚语中的“圣乔治”。

很可惜，在第二次世界大战时，圣格奥尔基教堂被战火严重毁损，尽管经过半个世纪的缓慢修复，最后仍然只剩下一整片的废墟，教堂的主体、祭坛位置几乎彻底毁坏，只残存模糊的地基，供观光客凭吊；原本前廊部分倒是重建了一座小教堂取代圣乔治的存在，这里偶尔有修士来清烛台。

原本我以为圣乔治终究是个故事，因此讶异地说不出话来。那天日光不强，我却几度感到头晕目眩。这儿是圣乔治吗？这就是那个人最终的下落吗？

我推了推门，圣格奥尔基教堂的门死锁着。我只能沿着废墟的外墙慢慢走，前廊的教堂全是由土砖堆砌而成，每个断面都看得到原本脆弱的结构。最后，我终于在教堂外墙的土黄色砖上看见了一块镶着的深色石板。上面写着：

“圣格奥尔基教堂，即圣乔治教堂，建于公元4世纪。由欧盟拉斐尔计划以及市政基金会于1997年到1999年捐助修复，敬献长眠于此的传奇人物。”

我怅然地站在教堂前院看着石板，心里的疑云仿佛被吹散，我的天空却仍然灰暗。

圣乔治回来了，却再也不是那个圣乔治。

最后的秘密、德古拉的遗骸、斯纳格布的僧侣、歌谣中的龙之山谷……种种关于吸血鬼的传说，就此在废墟之中烟消云散了。

第三篇　从君士坦丁堡到伊斯坦布尔

第十章　暮光逝去与新月升起

她马上坐起来，眨了几下眼睛。她远远看见火车站那一根根铸铁柱子。她也闻到了那熟悉的气味：一种海水与海草混合的气味，地道的伊斯坦布尔气味。火车缓慢而稳重地开进火车站，就像是个拖着婚纱的新娘。

艾雪·库林（Ayse Kulin）《往伊斯坦堡[①] 的最后列车》

当暮光从特兰西瓦尼亚逝去后，巴尔干半岛进入了一个全新的纪元：奥斯曼土耳其帝国的新月升起，成为巴尔干崭新的势力、西方世界的噩梦，十字军几次东征，也都无法撼动土耳其根深蒂固的统治。

千年来，伊斯坦布尔的一颦一笑，往往牵动整个巴尔干半岛的命运，从拜占庭帝国到土耳其帝国，从君士坦丁堡到伊斯坦布尔。

它是欧亚之道、文明之桥，是我重返亚洲的旅行终点。

在夕阳黯淡前，我扛起熟悉的大背包，在棚子下和普罗夫迪夫互相道别，此刻我却已经开始怀念保加利亚了。那种无奈感就好比是你本来在沉静地思考，忽然有人打断你想说一些话，你说着笑着，但始终挂念着刚才心中的那件事。

① 伊斯坦布尔的别称。

和我同行的是奥地利的背包客茱蒂丝，她说她在奥地利学艺术，也是趁着放假出来旅行的学生，我问她从土耳其往哪里去，她也答不上来，旅行走得很随意。

我们两人在月台边等迟到的列车。说也奇怪，从天色微明到漆黑，入夜的普罗夫迪夫车站就没有其他乘客，我们沉默地坐在日光灯下，半小时、或是一小时，说不准到底过了多久，甚至忘记是在等待。我们只是随时间流动而起伏的孤木，直到刺眼的火车车头灯从铁轨的远处照在我们的身上，颟顸地停靠月台。

今晚是离开欧洲大陆的最后一段路，我紧握着车票，1052RB列车，从保加利亚的索非亚开往土耳其。前方等待的，是另一个属于新月的国度。

伊斯坦布尔，拜占庭之心。

最具传奇色彩的城市。

东方快车

追寻德古拉的旅程已经结束了，我知道，不会再有更多的答案了。我在保加利亚停留了好一段时间，看背包客来来去去，普遍来说在普罗夫迪夫的旅人只会有两个方向：从伊斯坦布尔来，或是正准备去伊斯坦布尔。

“无论如何，至少看一眼伊斯坦布尔吧！”茱蒂丝说。

几天后，我已经在伊斯坦布尔时，才想起历史学家曾提过，德古拉的尸骸一度停留在伊斯坦布尔：他头颅被悬挂在博斯普鲁斯海峡（又称伊斯坦布尔海峡）

的城门上示众。这是正史记载的德古拉的末日。不过当时我选择去伊斯坦布尔，只因为我要前往亚洲，而所有往来于欧亚之间的旅人，都必定得通过伊斯坦布尔，毫不例外。

伊斯坦布尔坐落在东西方的交界，欧洲或亚洲、基督教或伊斯兰教，伊斯坦布尔的伟大不仅是缤纷的历史，一个跨越洲际的城市，更是一个拥抱着丰沛的文化的地方。从搭上火车的那一刻起就有心动的触感掠过我，我怀抱着某种喜悦，那是有别于对东欧的期待。

列车走的是古贸易路线，从索非亚发车，途经普罗夫迪夫和洛多皮地区，穿过两国边境后到达伊斯坦布尔。

1883年10月，第一列“东方快车”从巴黎出发，经德国、罗马尼亚和保加利亚，抵达土耳其的伊斯坦布尔，列车串起了欧洲大陆半数以上的国家，是当时交通建设的创举。1941年，第二次世界大战爆发后，纳粹德国攻入法国，土耳其裔犹太人连夜搭乘最后一班车，逃回故乡、寻求庇护。东方列车因战乱而停驶几十年，转瞬间，数十载匆匆过去了，横贯欧亚的火车仍日复一日地奔驰着。

茱蒂丝说她倦了，找到她的车厢就寝去了。我的车厢在走廊的另一头，有扇仅及肩宽的窄门，但车厢里的环境却比预期的舒适多了，三张宽敞的床铺上搁着洁净的寝具，相较前几年在甘肃搭过的夜车，这次还真挺好的。

躺卧片刻，精神亢奋的我还是难以入眠。我探出车厢看看外头的走廊，时间约是晚上九点，走廊却早已熄灯。我靠近另一侧的窗户，试着将自己有点儿纷乱的情绪掏空，体会最纯粹平静的空明。旅行中放空的机会总是多得过分，尤其是搭夜车时，外头永远是一般的黑色和无止尽呼啸而过的树丛，唯一能辨识出的是相对比较偏暗灰色的夜空。旅人很寂寞、列车也一样寂寞，铁轨节奏性的间歇声怎么听来竟如此安慰。

曾走在这条路上的人们啊！他们保有的是什么样心情？土耳其的士兵、斯纳格布的僧侣、亡命的犹太难民，我想象着他们在不同的时空里一同仰望天空情景，倾听着不同的灵魂的低语。

于我，土耳其只是我旅途的一个篇章，但怎么解释黑暗中无眠的夜呢？

通往伊斯坦布尔的列车，引领着乘客的命运走向暗夜的前方。

门堡

午夜两点，土耳其边境。

我默默地跟着前面的旅客走着，顶着夜风，站在边境海关外面。茱蒂丝也在其中，她焦虑地拼命抽着烟，用烟蒂的雾霭取代烦躁的言语，反正队伍里没有人开口说话，事实上也不会有人想说话，只听得风吹得后面的树叶飒飒作响。

大概是真的睡昏了头吧！这一长串疲倦的队伍莫名其妙地站在窗户前，排了十分钟，连呵欠都快打不出来了。有个警察跑过来，大声咆哮着：

“喂！你们！你们排错地方了！”

这一吼惊醒了所有人的瞌睡虫，队伍被重新带到隔壁的一栋楼。

这里是门堡，土耳其的边境小镇。过了门堡，就代表正式进入土耳其境内。虽然这里并不是地理上欧洲与亚洲的分界，但却是历史上苏联势力与欧美势力的冲撞。当时奔逃出铁幕的人，心惊胆战，直到这一刻才得以卸下心防，他们乐于见到门堡，那不仅是一个国家的门户，更具有象征自由的真意。

而我就站在门堡前，怀抱的是另一种的忐忑，边境官员要我最后一个办理入境手续。他花很长的时间翻阅我的护照，频频皱眉，皱得我心都揪起来了。他说，他从没看过这种护照，脸色阴晴不定地过了十分钟，最后才把护照递出窗口。

“欢迎来到土耳其。”他用一点儿也不亲切的口吻说着。

我勉强挤个微笑，拿起护照，头也不回地快速走出空旷冰冷的入境处。

铁轨旁，茱蒂丝并没有回车厢睡觉，她满脸漠然，仍默默吞吐着烟雾，我们一声不吭站着等列车长从管理森严的边境处回来。旅行了许多年，我有各种跨越国境的经验，甚至进出过几次边境警察局，这却是我第一次在暗夜里度过边境。虽然和生死攸关地偷渡逃离铁幕的犹太人相比没有那种挥之不去的恐怖感，但当我仰起头，看见月光只能映出火车模糊的轮廓时，终究是有了种很不踏实的感觉。

凌晨四点，茱蒂丝在月台熄了烟，大约十分钟之后，冷了的火车发动机才再度发动，正式踏上了土耳其的领地。

分隔历史的博斯普鲁斯

阳光炙热地照进车厢，我推开门，走廊上已占满了旅人和他们的行李。茱蒂丝扶着背包也在其中，我们神态困倦地相视一笑，疲惫地凝望窗外的晨曦。

这是梦吗？我听见海鸥在咿呀叫嗓，搅和着海水略微咸涩的味道。

晃动的海水被映照得阳光波光粼粼，城市的早晨还未苏醒，有轨电车已经顺着海岸从海岸转进金角湾，缓慢走在加拉太大桥上。茱蒂丝轻轻地“哇”了一声，似乎是惊讶，或许是赞叹，眼前是一片宽阔的海，峡湾内无数的灰鸟毫无秩序地乱飘，飘舞在海平面上。

真是不可思议的城市，每个角落，都隐约听得见金角湾或博斯普鲁斯海峡的潮汐，洗刷着城市的脚底，涤荡着那些历史残存的骨骸。

以博斯普鲁斯海峡作为区隔，伊斯坦布尔被切分成欧洲城区和亚洲城区两部分，其中的欧洲区又以金角湾为界，以加拉太桥跨界，北边是贝伊奥卢，被称为新城区。金角湾的南边是苏丹艾哈迈德区，也就是伊斯坦布尔最古老的旧城。世间最为壮丽的印记，只是巧合似的被堆积在峡湾内。

去过伊斯坦布尔的朋友有很两极化的评价，有的人打从心底爱它、有的人觉得它太俗气，但这几年，伊斯坦布尔仍然是我最常推荐的旅游城市，我当时深深地感到震撼：仅仅一个城市的世界遗产、人文汇聚，竟能匹敌多数国家全国的古迹！伊斯坦布尔就像是浓缩过的旅人圣地，无论你是否爱它，都无法挪开你青睐的眼神。

最后我还是认定自己归类在觉得伊斯坦布尔俗气的那群人里。也许是伊斯坦布尔太迷人、太艳丽了，有时我真怀念保加利亚的朴素，但仅属纯粹的个人观感而已。

保加利亚和土耳其，两个接邻却绝然不同的世界，两种迥异的世界冲击着我的眼眶。我不记得有多久没见过这么多观光客，甚至这么多人挤在同一个画面中了。伊斯坦布尔的每条街道、电车里、地下道、清真寺，尤其是圣索非亚，永远排满了各国的旅行团。当电车行走过加拉太桥轨道时，远远就看见钓客和他们忙着采收的水桶，一根钓竿上竟挂三四个鱼饵，挤得画面很崩坏。

但你怎么可能不爱伊斯坦布尔呢？那一天，我在多尔马巴赫切宫与博斯普鲁斯岸边的交汇处。那里有一道精美的门扉，从门下遥望，对面是伊斯坦布尔的另

一半城区，亚洲大陆。

这扇门大概就是欧洲的终点、亚洲的起点吧！站在洲际的边界线，我竟油然生出了某种奇异的感动。博斯普鲁斯的彼岸就是我遥远的家乡、我熟悉的海岛，而此刻的我却是在亚洲对角线的两个顶点处遥望。

那天我邂逅了伊斯坦布尔，天空灰、海水也灰，多种层次的灰让地中海的海平线愈加模糊。

世界的尽头

隔两天是5月29日，西洋史上著名的凶日。

也是我造访圣索非亚大教堂的日子。

558年前的这一天，拜占庭帝国的圣城君士坦丁堡，被奥斯曼土耳其帝国攻陷，这场战役是伊斯坦布尔在历史上唯一的一次沦陷，进而引发了东正教兴起和十字军东征等著名事件。这一天拜占庭帝国确实是灭亡了，从此我们能在伊斯坦布尔看到的不再只有基督教的教堂，还有无数的清真寺、唤拜楼。

圣索非亚大教堂位于苏丹艾哈迈德区的中心，和蓝色清真寺相对矗立，他们是伊斯坦布尔建筑技艺一对瑰宝，也是伊斯坦布尔的骄傲。我到苏丹艾哈迈德广场的时间还很早，但排队进圣索非亚的旅行团早已挤满了广场东侧。

我随着人潮走进皇室之门，聆听隔壁旅行团导游的轻声细语。那人说，诺亚方舟最后停泊在土耳其东部，皇室之门门楣上的木头，就是取自方舟的材质，所有人仰起头却看不见门楣，又都被圣索非亚大厅的圆顶勾引了视线。

那画面让人有一瞬间屏息，我可以明白那种震撼，却难以形容——世界上恐怕不存在能具体形容圣索非亚的诗句。无数个巨大的圆形、半圆形构筑在众人的头顶上，化成了透析光影的拱顶，搭配大厅里圆环形的吊灯，像光的魔法般，绽放在每个游客的头顶。墙壁上金黑相间的光明章，巨型的符文铭刻着可兰经文，警语“阿拉真主是唯一光明”是伊斯兰面纱上最壮阔的别饰。

只不过圣索非亚的观光客太多了，我总是被人潮冲走，根本无法找到一个安静角落观看圆顶我只能顺着人潮流向二楼、流向圣母壁画、流向石造的阶梯，然后泄出皇室之门。

最后人潮会带我漫过整片苏丹艾哈迈德广场，连带淹进蓝色清真寺，古代的另一个经典。

镜头从蓝色清真寺大门外缓缓推进，穿过回廊，在拱形的屋檐下仰望清真寺和它左右的两座尖塔，这是电影中常见的画面，《世界末日》《即刻救援》《逃离黑德兰》，全世界都看过蓝色清真寺的那扇门。

与圣索非亚教堂不同，进蓝色清真寺是要脱去鞋子的，挑高的清真寺内，主厅却被一道栅栏一分为二，观光客只能在栅栏后看另一半的清真寺，像积蓄的瀑布水被坝堵在峡谷里一样。我看见里头有些僧人坐在地毯上祷告，旁边有观光客低声说，他们只准穆斯林进去，其他人只能站在门外欣赏。

我走向看守栅栏的僧人，将手掌抚在心口上询问：“请问祷告的地方在哪里？”

僧人连忙欠身，指着蓝色清真寺的对面回答："请往这边走。"

说完，他推开装设在围栏上的木门，带我越过封锁线，大步跨进蓝色清真寺宽阔的厅堂，踩在厚软的地毯上，从数十盏垂落的灯光下走过。

僧人领我到窗台旁，然后就回头去看管他的栅栏了。我看见有年轻的穆斯林坐在窗台上，面前是木制的书架，我也学着他的样子从书柜上拿一本可兰经，端坐在窗台上。阳光从窗台射进蓝色清真寺，洒在可兰经上，文字在光影下跳着舞，大厅里的私语像隔了一层玻璃般模糊，旅行中飘泊的灵魂从书本得到了蔚蓝如海的平静。

我回忆旅程，看见眼前的过往破碎成零散的几个画面，巍峨的黑教堂仍矗立在坦帕山前，可是细节却模糊得好像几年前的事。旅行的印象常是如此，当然我仍记得出发前的恍惚恐慌、还有旅途的邂逅，甚至大特尔诺沃的绝丽，以及那些最珍贵的游历。

啊！还有德古拉，我亲爱的吸血鬼伯爵。我想起历史学家倾心地追随他的足迹，就在一次旅程中看遍了伯爵大人深爱的土地；几年后却由我为他们写下这本书。

三年后，听说历史学家去了南美洲，这一次离开，我真的失去了他的音信。

可兰经仍搁放窗台边。

那个瞬间全世界都静止了，时间像只小麻雀，停驻在可兰经的书页上。

东欧之际：旅行那些杂事

一、欧洲有很多廉价航空公司的航程可以到罗马尼亚、伦敦或巴黎，不过从机票的价格来看从维也纳或柏林到布加勒斯特的机票可能是最便宜的，票价从210元~1 000元。如果选择走陆路的话，可以从匈牙利搭夜车前往罗马尼亚，或从希腊、土耳其北部边境进入保加利亚。

二、罗马尼亚货币为列伊（RON），1列伊约兑换1.60元，保加利亚货币为列弗（Lev），1列弗约可兑换约3.80元。（若无特殊说明，下文中的货币单位是人民币。）

三、东欧气候温和，冬季较湿冷。物价普遍比西欧低很多，整体而言，罗马尼亚的物价和上海、广州等地很接近，保加利亚略低，单日预算可控制在250元左右，不过据说这两年有物价飞涨的趋势。以下为2011年的资料。

➢ 罗马尼亚

罗马尼亚很大，最热门的景点应该是布拉索夫，以及附近的布朗城、拉斯诺夫城、佩雷斯城三座城堡，其次是锡吉什瓦拉、锡比乌两城之间的金三角地带，也有很多背包客根据自己的喜好去黑海、马拉穆列什或摩达维亚等偏远地区。

一、锡吉什瓦拉

从布拉索夫搭火车到锡吉什瓦拉大约2小时。从火车站走到古城约20分钟，或选择搭出租车直达。B&B Kula是Lonely Planet推荐的撒克逊民宿，双人房一个晚上的住宿费约合人民币200元，布置很别致。

二、锡比乌

Flying Time Hostel证明Lonely Planet推荐的不一定是好的，实际上有的地方还很糟糕。Flying Time Hostel楼下是夜店，所以晚上不会太早安静，离房前要记得锁门，一晚的住宿费约为人民币120元。另一处Sibiu Travellers Hostel虽离城区稍远，但老板热心，环境幽静，一晚的床位费约合人民币100元。

附带一提，从锡比乌去布加勒斯特可以不用经过布拉索夫，也可以搭车走喀尔巴阡山西翼到Craiova再转车，车程约7小时。这种观光性的火车票或跨国列车的车票，都可以在各大城市的CFR购票中心买到。

三、布拉索夫

从布加勒斯特搭火车到布拉索夫要3小时，火车站前有公交车直达议会广场。

推荐住宿Kismet Dao Villa（www.kismetdao.com）的新家，它在2011年从城南边搬到北边，环境很不错。Kismet Dao Villa有漂亮的庭院、干净的床铺和沙发，甚至有免费的毛巾和饮料。以前听人说它早餐很烂，现在依然很烂，不过一晚不到100元的低价算值得。搭罗马尼亚公交车前要先在公车站附近找车票亭买票，然后才能上车，公交车前后门都有读卡器，把卡片放进去打卡即可。

四、锡纳亚

锡纳亚到布加勒斯特的火车车程为两小时，到布拉索夫为一小时。从锡纳亚去佩雷斯城除了包车以外，单人旅客也可以选择租借脚踏车。脚踏车出租店在锡纳亚公园的水池旁，从公园到佩雷斯骑车约半小时。三座城堡的包车行程可以在布拉索夫各大民宿预定。

五、布加勒斯特

布加勒斯特最有名的Midland Hostel一晚约合人民币100元，早餐好、位置佳，但床铺不太洁净，浴室和房间距离有点儿远，而且浴室空间狭窄得甚至令人无法转身。整体而言比较推荐另一家新开的Friends Hostel，一晚的住宿费约90元人民币，但环境好很多，有个人置物柜，只是没有足够的公共空间和沙发。另外也推荐Doors Hostel，民宿里有色彩缤纷的室内装潢，在庭院有一处像马戏团大棚一样的交谊处，夏季时常有展演，乐声缭绕，十分醉人。

城市内有三条地铁通往各主要城区，交通非常便利，布加勒斯特的景点首推农村博物馆，门票13元，地下旧王宫门票是40元。

▲罗马尼亚（第一章 历史学家的脚步）

▲罗马尼亚（第二章 吉普赛人的瞳孔）

▲罗马尼亚（第三章 特兰西瓦尼亚）

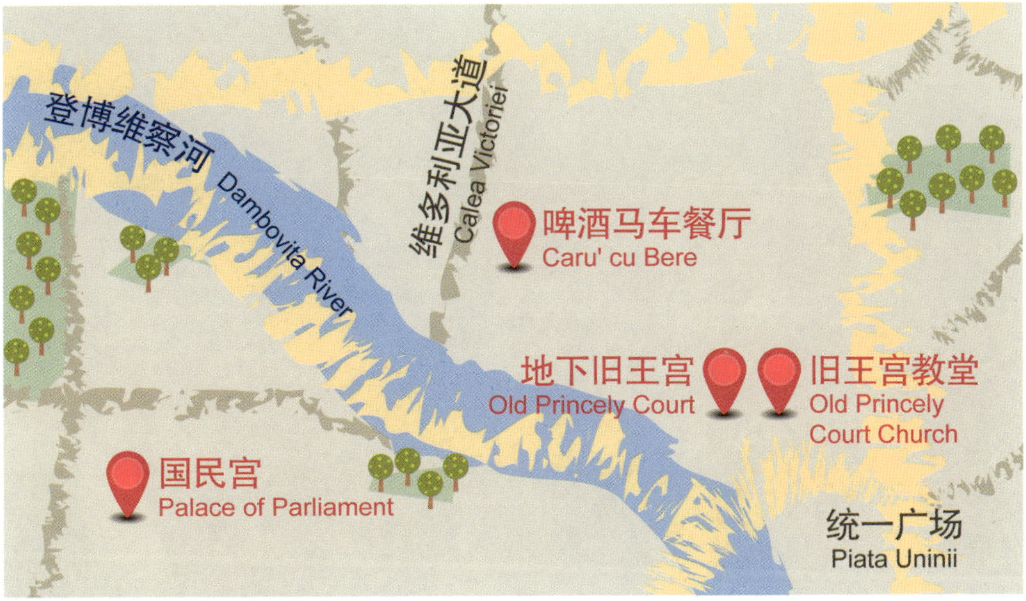

▲罗马尼亚（第四章 瓦拉基亚）

▲罗马尼亚（第五章 吸血鬼之墓）

▲罗马尼亚，布拉索夫，白塔外俯瞰

罗马尼亚，布拉索夫，绳索巷

▲罗马尼亚，锡纳亚，佩雷斯城

▲罗马尼亚，布加勒斯特，凯旋门

➢ 保加利亚

保加利亚的主要景点是索非亚和里拉修道院，除此以外比较著名的城市往南有普罗夫迪夫，往北是大特尔诺沃。

一、大特尔诺沃

NOMADS Hostel是很值得推荐的住宿，有免费接火车的服务，这里背包客的气氛极好，还有精致的小阳台可以俯瞰山谷和阿森王纪念碑。老板年轻有个性，只是偶而会比较情绪化，一晚住宿费约80元附早餐。另外保加利亚评价颇佳的Hostel Mostel亦于此有支店，相较于索非亚本部更加小巧、温馨、舒适，亦有免费接车服务，十分推荐。

古城内的景点几乎都可以走路到达，唯独火车站距离古城比较远，通常要搭出租车才到得了。查雷维茨山丘门票120元，搭电梯到顶楼加收100元。

二、索非亚与里拉

每个背包客都说Hostel Mostel很好，但当所有的背包客都挤进来之后，就似乎没这么有趣了。Hostel Mostel有完整的服务，洗衣、导览、上网、早餐甚至晚餐一应俱全。另一家位于维托沙大道一旁巷内的Canape Connection则是一个小而美的歇脚处，位置极佳，接待亲切，相当推荐。

包车去里拉修道院的行程可以在Hostel预约。车费四个人分摊，则每人约合173元。行程是一整天的，16:00左右才回到市区。市区的导览每天固定在11:00和18:00两个时段，于司法宫（Palace of Justice）前面集合，由热心的当地学生免费服务。

三、普罗夫迪夫

从索非亚到普罗夫迪夫约2小时的火车车程。从火车站到特里蒙提古城很远，需要穿越半个新城，走路要半小时以上。

Hikers Hostel虽然占地大，位置好，但它实际上只有一间宿舍，而且房间格局很狭窄，反倒是客厅比房间还宽敞很多，住宿一晚约合人民币87.00元（含早餐）。Hostel Motel在这里也有分店，但评价比起索非亚差一些。

从普罗夫迪夫火车站前的道路往东边走，能找到跨越铁轨的高架桥，桥对面就是洛多皮车站了。另外，火车站马路对面可以买到前往伊斯坦布尔的跨国火车票，一张票票价约合人民币210元。

▲保加利亚（第六章 遇见蓝色多瑙河）

▲保加利亚（第七章 玫瑰祭典）

▲保加利亚（第八章 里拉）

▲保加利亚（第九章 上帝的后花园）

罗马尼亚和保加利亚边境，友谊之桥上

▲保加利亚，大特尔诺沃，查雷维茨山丘远景

▲保加利亚，大特尔诺沃与查雷维茨山丘

▲保加利亚，索非亚，亚历山大·涅夫斯基大教堂

▲保加利亚，里拉修道院

▲保加利亚，里拉修道院和赫雷利欧塔

保加利亚，里拉，圣伊凡修道院

▲**保加利亚，普罗夫迪夫街景一隅**

▲**保加利亚，普罗夫迪夫，特里蒙提古城**

▲保加利亚，普罗夫迪夫，内贝特佩山顶俯瞰

▲保加利亚，普罗夫迪夫，特里蒙提街景

➢ 伊斯坦布尔

茱蒂丝介绍的Rapunzel Hostel是2011年开张的Hostel（info@rapunzelistanbul.com），位置很完美，在加拉太塔下面的巷子里，去独立大街很近，但是离苏丹艾哈迈德区就比较远了。它有个独立的顶楼可以眺望金角湾。由于占地狭小、楼层高，最大的问题是必须要爬楼梯。一晚的住宿费约合人民币170元，含早餐。

土耳其、伊斯坦布尔相关的旅游信息很多，在此就不赘述了，不过要特别强调千万别跟陌生人去酒吧喝酒，这是个知名度很高、享誉国际的骗局。

▲土耳其，伊斯坦堡，大市集

▲土耳其，伊斯坦堡，地下水宫

历史学家手稿

出版前夕，仿佛有预感似的，竟收到历史学家寄来的手札笔记，原来当年他一直在记录旅行的心路点滴。再次重温那些故事，他却没有提及巴赫科伏之后的故事，我反复地翻阅，再也没有找到他的近况。旅行过去很久了，就像是曾在暗夜里瞬间燃烧的花火，在回忆里久久不扑熄的灿烂。

细细品味他的手札，更令我讶异的是，原来那趟旅行竟然还有许多我未听闻他述说过的情节，是我透过他的文字才得以窥见的旅行的另一面，真实、或诗意的样貌。也幸亏如此，我还来得及整理手稿编排附录。

然而，我始终还是没有机会跟历史学家提索非亚的圣格奥尔基教堂。

他的回忆也许就永远停格在巴赫科伏，但这样也很好，无论历史给的答案是什么，至少他知道，在追寻的旅程中他是最幸福的。

锡吉什瓦拉　　2011年5月3日

适才自城里夜游返来，脑海文字结成块垒。必须写下些什么，捕捉此时此刻。荒野间的传说之城、负着幻梦而来的旅人、流云间穿透的天光、或光阴淌过的一块顽石，眼下如电如雾的匆匆旅事。

空白的行旅手札，在此有了个开端。那么，心底开出什么便摘取什么吧，别拘泥什么日记手稿的，远乡杂绪，我直抒直叹就行。

说到开端呐。同此前千百次的出游，离台时我怀抱着适切的兴奋、别离愁绪，对久居城市的倦烦和追寻新乡的热切，神神交感上路，前往未知。现实多么灰白绝望，他方就多么嫣绿令人神往；到头来还是要离开呀，不如永久流浪，献身于海上的船、山中的马，无忧无惘。一切如罗卡的《梦游曲》轻颂：

“绿啊我爱你绿。绿风。绿枝桠。
海上的船和山中的马。
阴影覆腰际，她倚栏遐想，
绿皮肤，发丝绿，眼眸冰冷如银。
绿啊我爱你绿。
吉普赛的月下，
万物注视着她，而她不见万物。”

于此吉普赛的月下，我正注视着锡吉什瓦拉——啊，那拉丁名念来饶舌又魅幻，如女郎飞舞裙摆般的城镇；无论是从水平的观光或是纵深的历史而论，她都不失风雅轻重。沿小径而上，颜色如百卉千葩的古城高高升起远眺整片平原，阳光闪耀充分，居民安乐充分，是特兰西瓦尼亚一颗不可逼视的瑰丽宝石。

只是，德古拉真正曾在这里吗？我又真正在这里吗？手边成堆关于吸血伯爵的轶闻轶事，明皓月色将户外景物洗白，我感觉自己的身影淡薄了几分。

行过百城后，城市与城市的意象黏糊不清，如马赛克般拼接成大幅的壁画，每欲细察其纹理，惟见其交叠旋绕，观之在那忽焉在这，如真似幻、联想缀生，我总为此所恼。在大片凌乱浑沌的旅迹后，究竟是什么又搓燃起我行旅的核？想起昨日Roxy所问："为何到外西凡尼亚特兰西瓦尼亚？"实在没有多好的解答呀。除了传说领我而来外，总有些什么在胸臆伺机躁动，亟欲破壳。想起方才和他们夫妇俩的互动，生怯有时、欢畅有时，如此不干不脆的我，竟上路成了旅者，一个劲儿地寻索未央的夜、未完的故事。自诩为历史学家的我，此刻活脱像个配放边疆的孤臣孽子，心神凄恻不安。

罢了，什么都好。找到什么，散佚什么，迷失什么，成长什么，我都开敞着心全盘接受吧！就跟着Roxy与Nicko上路吧！即见即离的旅人呀，苍茫人间，我又有什么机会再见着他们呢？想起前日搭清晨列车前来此城，在铁锈老旧的列车上，通勤的劳动人民还蜷着打盹，我自晦暗的车厢看向窗外，大地一点一点脱去夜色，浸染蒙昧橙黄。完全没有情节、没有人物、没有遗忘和忧伤、没有任何虚缀成分，只是大漠孤烟直，只是向前、心中无挂地奔驰。

“活在这珍贵的人间，阳光强烈，水波温柔。”那时，海子的诗句平缓地降落心头。而我心一如此时灯下扑火的细蝇，由全然的盲飞，至终灼烫而坚定。

是啊，我正向波浪、向光里去，就这样坦荡直去；此后种种，一见一念，再见再念，或不见不念……

我一无所惧。

锡比乌　2011年5月5日

旅人与城市的对视，那灵眨着的锡比乌之眼。

旅次间我与多少人事交换过眼神呢？有形无形、有意无意，透过灵魂片刻的夺眶，我们与他者有了双向的沟通连结，有了存在于此时空片段的幽微共感，衔接而上，默契与美因是完成。

当然，眼波流转并不总是动人。在此地数日，形单影只的自己，时常也在广场旁凝望出神，相对友善的回眸、不怀好意的打量、冷漠的避而不见和大量似是若非的灰界眼光。我兀自拟想了此城于史册上遭受东西势力的觊觎夺掠，土耳其到撒克逊、罗马尼亚与罗姆（吉普赛）人，彼此的敌视到征战，诸多旧事，在此地植下文化记忆与伤痕。锡比乌之眼一眨千年，多少憾事映入瞳底，多少情感浮掠眼前？

想起一日在说谎桥附近闲晃时，一位街头艺人歪手拉弓，奏出萨拉沙提的

《流浪者之歌》：初摧拉起的壮盛悲剧张力，大开大阖的时代狂澜，后缓缓集中在提琴手一人如泣如诉的哀婉，萧瑟的密林有一负伤的幼兽呦呦幽鸣；汇流至终，忽地音符加速旋开，热情疯舞起来，仿佛欲以癫狂迷乱的舞步，力抗整个世界的忧愁憾恨。全曲跌宕有致，屡屡听来令我心紧揪成一团，不能喘息。人说萨拉沙提精准地抽弹出颠沛各地的吉普赛族群愁苦家难的集体记忆。即便我尽力持中勿以任一偏颇的历史正义观之，听完我仍得大喘口气，让心胸间被拨乱的心绪栖止下来。

忆及抵达锡比乌前，我与Roxy、Nicko俩行过的吉普赛村落，那些文明和流浪传统的撞击，世人浪漫的附会和此地真实生活景况之比对，一时我只想超然一切掌故，忘却俗尘，以心灵的微颤与其共鸣，讴出不归属于任何物事的，流浪者之歌。

夜深了，同房的室友早已鼾声四起；意识迷蒙间，荧荧信念在笔尖轻颤，心底的魅影仍在呼唤，我还得继续前进，穿越森林（特兰西瓦尼亚地名原意），向传说逼近。

布拉索夫　　2011年5月7日

布拉索夫啊！

我会想念从黑塔望下的全城风貌，山峦环抱的遗世古城，甚至是对面山壁上俗不可耐，仿好莱坞的“Brasov”字样。我白天登上白塔，夜间登上黑塔，阳光推移的角度让这些红屋瓦明晦相间，如有层次的红色潮汐；底下的万户黎民，生活看似平静无波，然爱恨砥生、俗世贪妄无孔不入，幽魂般窃据着某个灯下街角。

巴金在《家》里，有一段动人描述：“人们躺下来，取下他们白天里戴的面具，结算这一天的总账。他们打开了自己的内心，打开了自己‘灵魂的一隅’，那个隐秘的角落，他们悔恨、悲泣。为了这一天的浪费，为了这一天的损失，为了这一天的痛苦生活。自然，人们中间也有少数得意的人，可是他们已经满意地睡熟了，剩下那些不幸的人、失望的人在不温暖的被窝里悲泣自己的命运。无论是在白天或黑夜，世界都有两个不同的面目，为着两种不同的人而存在。”

我介之苍白阒黑的人生灰境，不甘径作灰烬，却也只能望着希望与绝望倚背而生，孤独穿心过。

某夜，我信步漫走。我自城中心的广场开步，弯向所有与之脉接的小径，看欢闹酒馆的厨子躲在后门的水沟旁吸烟，看野猫与残着剩羹拼搏，窥视夜底的断壁被街灯的投影涂鸦，窥窗上如皮影戏般的人来影去。旅行时没有什么比步行更能贴身接近当地人群的了；孤独的人类初始不也是靠着双腿，于悠长的时空底拓荒，渐渐走向彼此形成聚落的吗？不过，独旅者却反向而行，或跃入荒野、或在大城里迷踪，由群体中出逃，逃至另一个他们设想的乌托远方，一个与过去绝然相忘的幻梦城邦。

街巷漫游者藉此削尖感性的触角，直到回荡在虚冥的孤寂，从地理到心理，再从心底到脚底，旅者动身起行，永劫回归。

布拉索夫是游人进出特兰西瓦尼亚的门户之城，春夏时尤其人气鼎盛。一头栽进旅行摄影的我，随时背挂着一只数字单反相机和一只底片单反相机，发狂似的捕捉旅地光影，像个捡拾彩球迸裂洒下满地糖果的孩子。今日我独自在城里的黑教堂、黑白双塔和曾是中世纪猎巫之地的议会广场游走，日照强烈得让我的光圈和瞳孔都缩到极致。

就在我走上城墙周遭的小径时，忽见远处同样垂带着两台相机，貌似独身旅行的棕发女生，四处构图按快门。我和她交换了一个轻浅的微笑。

午后，在城里一间装潢古雅的咖啡厅歇脚，写明信片、观赏行路人。粘贴好邮票，饮尽咖啡，一抬眼赫然发现她亦坐在店内的植栽旁，神情专注地捧读着法国作家勒克莱齐奥原文的《逃之书》。她身着轻便白衫，发尖疏懒地垂向肩后，一派轻松自适。我呆了半晌，默想着小说里逃窜世界如不系之帆的主角，径自离去。

入夜，我再度随着婆娑起舞的街灯、虚华张狂的酒肆与隐隐哀凉的孤魂，一同游巷穿街。我想象自己是擅于伪装的丛林野战兵，在城市林隙墙垛间匿藏，只为一次快门翻飞的良机。在黑教堂附近取景时，我再度看见她，擎举着相机，蹲矮自身，为把全幅教堂样貌尽皆收入储存卡里。是时她发现了我，朝着我，又像是自语地说：

“舍弃细节果然不可能呀。”大概看我一脸疑惑，再补了一句，“原本我想把这座教堂全部拍进去的，但东剪西裁后，留下的仍是那些门把、屋角、雕饰，原来认为琐碎的二三事。”

黑教堂边我们就着摄影一事畅聊起来，由于都是刚投入镜头世界的新手，自然有很多疑惑、设想、验证和自得。我们沿街说笑，由熙攘的大街走到拥窄的绳索巷，也不时突然收住脚步和话语，一会儿是我一会儿是她，只为拍摄一只睡懒的猫或酣畅的酒屋窗景。她说起在抵达布拉索夫前公交车故障，接驳车遥遥无期，她索性步行，走剩余的20多千米的路，还顺势跟着途中另两名罗马尼亚的大学生在荒野露营了两三天才风尘仆仆来到这里。

“还是意外的旅程最叫人难忘。”她笑着，我点头认可。

教堂钟声敲响，街头人影渐行淡薄。

我们一步步走缓，夜色漫漫，直到分离的时刻，我才想起一件重要之事。

“啊，忘了问你叫什么？”我们竟然颠覆了顺序框架，在未探知对方的名字前，一刻不歇，星夜下边走边聊了满满3小时。

然而至此名讳已无关紧要。

旅途的交会何其多，日后的疏淡又何其难免？世界之大，要在经纬相和、双脚所踏之地与谁人遇合，天涯相知，着实不易。

别后，我在走回旅社的夜色中，反复咀嚼与她初识时的那句话：细节是最难毁弃的。我们总认为行走人生大漠百年后回望，会浮上心头的海市蜃楼恐怕是些大跨度、庞然横亘记忆的重要物事——那并非全然事实。记得在科索沃旅行时我遇过一位退休的老教授，他说，他这辈子行遍天下，最想念也“唯二”觉得遗憾的两件事，一是他童年失落在池塘底的一只玩具皮球，二是过世妻子替他缝补却又蹭掉的衬衫钮扣，此外再无祈求。是啊，那些渺渺物事，那么微不足道，却像时光露出的线头一般，一扯便是半片岁月的暴露走光。

旅行也是吧，忘却恢弘的全貌，有的只是隐隐闪略的光。最终你会遗忘你所听闻的城市历史、哪位君主的丰功伟绩，只是把一个下午偶遇的人事、阳光遽进晨雾的迷蒙，置换成了行旅的主轴，然后一次又一次，慨然前行，往赴所有不复的风景，纪写自身渺小辉煌的路上编年史。

拉斯诺夫、布朗、锡纳亚　　2011年5月10日

由此城到彼城，由断壁残垣到石造、木造的尖塔、圣十字，我终究是迷失了。迷失在即便美丽卓绝，却观光气息过浓、充斥劣质吸血鬼纪念品和小贩的布朗；迷失在比利时男追随着当年城主深深遁井而去、不见其返的拉斯诺夫；迷失在瓦拉几亚凛冽的圣十字间，喀尔巴阡山的珍珠封藏，千年之谜尽皆覆雪。真正的暮光之城，森然凛凛的伯爵身影，我仍追赶不及，只是在自我的认知里兀自逃窜，想远离一切，却也被一切放逐。

想来布拉索夫那女孩手中的书，我是读过的。

“我逃跑是为了找回世界。我狂奔是为了弥补行动的时间。但我看出世界比我逃得更快。”——勒克莱齐奥，《逃之书》。

我想，这一切的追赶跑跳，故乡和他乡的来回拉扯、时空错置，一再考验旅者心性的种种哲想，在几回与世界的竞逃中，我仿佛逐渐摸清了那面貌。

人们眼下的旅行总是两者并驰的：由内而外、再由外而内。内心的感知与外在的不羁原本形同背倚背出发的陌路人，这厢坚忍突围而那厢兀自野旷，最终竟兜了个圆圈，撞在一起。我们怀有旧我的知识经验上路，沿途和他者异己沟通、体认、宽忍和谅解，后裂解而生一个新我。同卡尔维诺之言：“他乡是一面负向的镜子。”经此世界风雨磨砺又温软孵育，我终究反向看回了自己吗？

布加勒斯特　　2011年5月12日

“风暴中的骑士，
风暴中的骑士，
驰向我们降生的屋舍，
驰向我们被莫名扔进的这世界里。”

——The Doors, 风暴中的骑士

暴雨猖狂。在雨和光影觥筹间，布加勒斯特老城街角不时渲晕出三两人群，于古雅建筑和夜店林间迷藏，这夜还长。派对舞曲随突出的雨棚向街道伸爪，如骤雨躲避不及。为保全摄影装备，我穿身进路边一间老餐厅内，一眼望去即是19

世纪的辉煌妆容，盛气展示黄金时代的庸贵社会。场中民俗歌舞欢腾，一圈两圈，红绿服装头饰兜转成霓虹。我自然想起伍迪·艾伦导演的《午夜巴黎》的场景，又觉得这样的比赋如此矫情：格格不入：衣襟湿透的自己何能比拼得过满眼华服？只悻悻地喝点儿生啤便走。这夜还长。

对比前夜"啤酒马车"内的觥筹，与丽塔的相遇着实令人难忘。

"每个人都是一个整体，本身就是世界，每个人都是一个完满的有生气的人，而不是某种孤立性格特征里寓言式的抽象品。"黑格尔这么说。

我们分享着彼此的旅程，那镕铸记忆、悲欢、故事与情感的世界啊。我们为此人情温暖酣热着，酒馆里女舞者婀娜婆娑，身上的轻裳在灯光的映射下灼灼其华。

这夜还长。

早早回到下榻的Doors Hostel，我环顾一番，背包客甚多，旅人川流，旅社前庭辟成露天Live House，在那七彩如马戏团的大帐篷内（像走进吉米的插画），几个当地的音乐人手执幽浮鼓——一种状似UFO的手鼓，又称Hapi——和着沙铃，击将起民族秘乐，那旋律幽冥阗黑、如入太虚异境的失重感，令人难忘。

"夏季再来吧，我们每周都有世界各地来的艺术家表演、拍纪录片的计划，绝对销魂！"男主人看我杲站在那儿，和我攀谈。

我和他拨玩了一下尤克里里（一种乐器），也向他提及会心动驻停这间旅店，其实原因很单纯：我是吉姆·莫里森（Jim Morrison，美国传奇乐团The Doors主唱）的粉丝。稍早我自夜雨里冲回旅馆之时，脑际间吉姆·莫里森魔魅而慵慢地哼着《风暴骑士》的曲调，我脚踏湿透的球鞋渐渐轻悠起来，好生玄幻。

此城亦然。布加勒斯特，即便非我最爱，它仍以一种怪诞玄妙的姿态在我记忆里龙蟠虎踞。除了新旧相间的历史城区，不得不提得便是硕大得理直气壮的国会大厦了。这幢仅次于美国五角大楼，世界次大的国会建筑，是为先前的统治者西奥塞古的遗产，号称人民殿堂却是离人民最远的森然巨物，远观便令人不寒而栗。

然布加勒斯特大学附近，路过偶遇的晒书祭则令人着迷。彼时我自市内恬适的西斯米乌人造湖公园踅来，迎面路人大学生或为期末考试捧读或为放假欢欣，令我不禁向人潮源头探去，发现大学旁一架一架的书露天排放，一名佝偻老人与他的年轻助手一边拭书一边展读，顿感书本与人生的延续传承，就在这年轻年老、新旧相因后，更显朴拙放光。

想起北岛的一阕诗句："生活是一次机会 / 仅仅一次 / 谁校对时间 / 谁就会突然衰老。"

往日在波兰克拉科夫城旅居时，常不自觉漫步到一家老钟表行前，看老师傅的细活手工，轻拨挑转，如弹奏旋律细腻的肖邦乐曲。一旁坐的是平头宽脸，总笑得很开心的一名学徒，助他整理工具、管理店面。每回看他们工作，心底总有股暖流，恒亘在时间长河上，不轻言衰老。

有些浮夸，有些美好。人生与旅行我皆衷信的是：与其因循，不如怪诞；与其富丽堂皇，不如荒烟漫草。不年轻气凌，不老成顽执，旅途便是一派丰裹而荒唐，多好。布加勒斯特与我的缘分仅止于起运站和自我思索，但收获仍盛，我暂不多做停留，任时间自行流荡，任雨淌下。

淌向我们被莫名扔进的、这世界里啊。

风暴中的骑士……

斯纳格布　　2011年5月13日

今天是2011年5月13日，黑色星期五。

会踏上此城，可说是意外的必然。（或必然的意外？罢了，别做文字游戏。）德古拉的墓穴，云雾闭锁之湖，一座魑魅魍魉的孤院。斯纳格布的僻远似乎完美阻绝了外界的侵扰，令德古拉栖息，搜魂聚魄，以得重生。一路抽丝剥茧寻觅德古拉踪迹的我，向许先生问得信息后，带着诸多揣想和兴奋之情上路，却在阿斯托利亚森林里外迷踪，终只能望着斯纳格布修道院而不得其门而入，简直深陷诅咒。

回程更是慑人。暴雨骤至，全身被打湿的我在车上就开始打冷颤，呼吸急促、体温猝升，果不其然回到城市里便病了。人在异乡最难熬的莫过于病上一场，孤无所依，只能自己打理，运气好两三天能复原，不好的连求医都药石罔致。幸好丽塔建议改订了这间旅店，远离嘈杂，多少清静些。

静夜。拖着病体行文，意识竟异常清晰，也许是鲜明的痛楚令精神亢奋吧。回想在罗马尼亚一路上的遭遇，旅人的离合与迥异的追索，心境的飞跃与沉沦，好似找回初次行旅的悸动，渐渐让旅行趋于平缓却变革甚巨的生命经验。我的头隐隐痛着，却笑着：边讪笑自己落难东欧的残破躯壳，边微笑自己在最低落时总算火来水去地捡回了自信，摒弃莽冲前进，而更进一步带着温软的心突围，向理想刚毅走去。

我正向光里去，一无所惧。

是吧，你可以的——我可以的，历史学家。

接下来，就是边境了啊。

大特尔诺沃、特列伏纳　　2011年5月16日

提笔时我正坐在山城里偏离主要观光景点的大街上，窝踞在静巷一角的老咖啡店，看斜阳戏弄着万物倒影，长短变形、苍狗白云；对面拉挂出的七彩晾衣夹明艳起舞，和其下正踢皮球玩闹的小童相映成趣。远方山峦迭起、绿波荡漾，疏云淡卷像是山谷喷出的轻烟，大地牧歌式的一片亲切可人。

这趟绕来大特尔诺沃，又转进特列伏纳，是为此次两国之旅至今最闲适的时

刻。我暂时抛下了追寻公爵之事，只是毫无目的地穿街走巷，细品当地的日月晨昏，营生日常。我恍若寻回了为追名逐利而磨损的纯良初心——哈，多么讽刺，故乡令我化成不系之舟，而在万里之外的小镇却让我的人生一时定锚了。旅人在移动时仿佛时常听见某种深长的秘咒，横越千世，使人感受到天地玄黄间，仍有其亘古不移之奥。

连日来的艳阳天把病症晒得很淡了，如画的风光更将心情调和得浓淡适宜，让人几乎都忘了数日前的过境多么磨人。夜行边境，由布加勒斯特一路向南，火车车厢时不时地踉跄摇晃使我难以入睡，破旧的舱门门锁恐怕在上世纪便松脱了，不停来回开合撞击得震天响，像恼人的恐怖片音效，或断续劈下的落雷。噢，还有冗长的停车盘查啊！回想自己曾多次在国境穿梭时与海关交涉，侥幸被拒有之，几成了每趟旅程最心惊胆跳的经验。是了，如早前搭乘西伯利亚铁路，蒙古—俄罗斯边境海关严抓跑单帮的衣物、生活用品小贩，是一间一间卧铺仔细搜查；当时恰有一小贩往我这包厢内的上方空格塞了大批款式老旧、质量堪虑的牛仔裤，结果海关上来一脚蹬上下铺床沿，大手一捞，自然是悉数充公了。当下的肃杀之气，与前日的全车地毯式检查相当相似，也令我警醒：总之这辈子奉公守法，别跟海关过不去呀。

幸好，一路有香港人保罗这个活宝天兵相伴，稍稍缓解了旅途的倦怠寂寥。

还记得昨天那场山雨促成的不插电音乐会吗？当旋律渐起，他乐得与众人击鼓欢歌，扭着不甚协调的肢体把大家逗乐；却又在我与他同游特列伏纳时仿佛醍醐灌顶的得道僧侣，只挂着慈蔼笑颜领受着一切人文美景。有时相当矛盾，旅行时自己极度排斥团体行动，只因我总忙着以单反镜头对焦于物外，一情一景便要思构上半晌，独来独往才不碍着谁；但我又渴望与陌生人的相会，在对谈话语间充足能量，在眉眼笑靥间心头生暖。

我转了转手中的咖啡，一饮而尽，却不小心碰掉了随杯附赠的奶油圆饼。一只阿比西尼猫见着了，猫步向那块饼干移去。

也许啊，由于自己忸怩温吞的个性，面对真诚直率的人们总是特别钦羡，像见着一块色厉内荏，外刚内柔的奇石——从特列伏纳回来时，坐在最后一排颠簸的座位，我瞥见保罗的睡脸，再看向窗外金光遍撒的裸石原野，不禁想着顽石内蕴千年的温软，想旅路犹未可期的甜酸。我记得在哪本小说中，学地质学的主人公向旅人展示过一袋随身携着的小石头，说："我这一生，唯一对我百般温柔的，就是这些坚硬的石头了。"

我这一生呢……

索非亚　　2011年5月20日

旅行到了后期总是无可避免地懒了起来。感官虽还敏锐，然文句却难以自然倾流，拿出手札的时间少了，放空的时间多了，像尼采曾说过的吧，要开始写作，与一个跳进冰冷湖水里游泳的决定无异。

只是常常我奋力跃进池里才想起，嘿，我似乎不是个善泳者呀！

但是索非亚、索非亚啊，我不能不好好描写它。如海明威的巴黎，博尔赫斯的蒙得维的亚，我想写它的冲突和奔放，写它的迷人与彷徨。我凝望着维托沙大道，想与曹然夜阑时莲过此地的惊心，想它揉杂东西元素的建筑风貌与风土，想《保加利亚天空下》迷离的光，我的心不知为何就向索非亚莫名地挨近，也许是它的面容与我心仪的城市柏林神似吧！无论是穿织秘巷间的新艺术涂鸦、特色小店，还是时代的变迁，使此城有着不高调铺张、闲适自由的氛围（尤以对比布加勒斯特孔雀开屏般的华丽后），如是城市总让人忘却自己旅者的身份，轻易找到一个角落嵌合身心，仿佛我本归属于此。

圣索非亚天使雕像柱高高俯视，张臂展翅，怀拥所有新来旧到的过客。

何尝不是呢？看那形似庞然婚礼蛋糕的亚历山大·涅夫斯基大教堂内虔诚地秉烛祈祷的教徒，看那清真寺旁的安全岛上饮水濯足的穆斯林，以及骤雨间在圣索非亚教堂旁与我神交的诗人伊凡，他们在此城安居，历史的尘埃落到他们身上却荧荧发亮，命运引领着他们往烽火中的不朽前进。

我举起相机，从文学日欢腾的游行人潮、果菜市场辛勤叫卖的小贩、公园里读报的老妪和踏水的小儿中行过，一切眼前的人来影去，仿佛唯有一张张照片才能将我过剩的思绪叠出思想的厚度，而不仅仅是浮掠的关注。苏珊·桑塔格在一次访谈中说：“我喜欢出门，包括去旅行。在旅途中我不能写作。我喜欢谈话，喜欢聆听，喜欢去看、去观察。我或许有种关注过度症。对我而言，世上最易之事莫过于去关注。”

当我如此阅读每一个过路之人，浮掠形色不一的生命光焰，常能给自己的匮乏借一点儿火，待天地来风，便烧炙一身、一生的草莽，艳放后、云卷长空，回归万有。

外头的夜已成浓郁的酱色，但有满天星子高高悬着，好若此刻宇宙玄冥的夜间照明，全射向了索非亚城，犹如神的指路。

那么，下一站呢？卡赞勒克玫瑰谷吗？里拉修道院吗？跋涉至今，我究竟掌握了公爵的行踪，亦或一切只是徒劳的追索？我该做的只是等候吗？

里拉　　2011年5月22日

把他的思想向星星驱动。
而在深深的山岭中：这里是蝙蝠的洞穴。
这里秘密地悬置着岁月，种种行为。
这里他们收拢着翅膀酣睡。

——特朗斯特罗默，《挽歌》

昨夜做了个梦；或者现在仍未醒呢。我置身郁郁丛林，阳光射入叶隙的角度约莫是午后时分吧。爱莲妮·卡兰德若的配乐从远处幽幽转来，伴随着潺潺溪水的自然音景。我循声探向源头，只见在残枝败叶的泥径底有一窟穴，洞口旁有一开得丰美的野生玫瑰，在此低彩度的梦境里显得特别突兀。梦里的自己一时还不明所以，稍稍伸出指尖欲触，忽地时空易换——我似乎回到故乡（只是梦里的意识，实际场景模糊难辨），几个许久未见的朋友有说有笑伴我去一处广袤田野，遥遥可见的仅有低矮的丘陵和蚁状大小的稻草人；自小便是城市土著的我哪里又看过多少田畦呢？正自嘲间我又幻变成了小孩，搭乘在一辆高速行驶的列车上，窗外是苍茫一片的雪色，雪花违反着火车的迅捷，自顾自缓缓飘降，大地一片静好安宁。

大致到此，我便转醒在Hostel霉味的床铺上了。接连几夜的梦好像悬疑惊悚的电影寓言，神秘难喻，以不合常轨的时空跳跃撞出几幕生死意象，后又突兀地终结在来路之上。我疲于再做解析，专注于眼前的世界，我的追索之旅。

斯纳格布的僧侣呀，你们果真将德古拉的尸首运来了吗？

参访里拉修道院当日，我固然为其深山里的黑白壮丽、雕饰祭坛所眩，然我更爱那小小圣伊凡修道院旁清澈沁凉的小溪、鹅卵石河床。我想我个性一定有什么古怪吧，与其康庄，我总是爱往歧路走。例如来到东欧，例如人生的转向，对循规蹈矩感到百无聊赖，对荒诞奇诡兴趣盎然，老是一副深邃自得的模样。实际上我根本再平凡不过，有哪个真正浪迹过的游人会自大自负呢？他们面对的，是一片亮晃晃的天涯。司机和保罗在一旁闲憩（或嫌弃吧），我只是静静坐着，任清浅的水流画过脚边。

临别，我想，"我永远会记得保加利亚。"我小声对自己说出口，忽又想收声。只是觉得怎么可能遗忘呢？屡次与某地、某人告别后，后方的城池一座座陷落，自己的存在变得稀薄。细细的雾气伸进街巷角落，轻握每一只有用或无用的烟囱，斜阳还在咖啡座间逡巡，市场菜贩、果贩渐次收摊，过去随钟塔上的彩云厚厚积着，未来似街灯就要转亮。

这一切我并不在场，只是淡淡追想。想存在的总是过往，林叶自眼下枯黄。

人说不停回望是弱者的表征，不幸的是，他们确实言中。

值此生命换舵之际，我暂且无法定义人生方位，但即便这样，我也会抱残守缺，以善感的忧伤淬炼真实的幸福，以绝对孤苦卓绝的姿态，扬帆、迎向大海。

等待戈多　　2011年5月23日

又一页。最后一夜。

于普罗夫迪夫古城旁一间酒吧离开，我再是孤身一人。信步走晃，夜墨倾泻于仄巷之间，往昔温凉的记忆随过路人摩挲生烟；是啊，你想起明晦交错的几夜、几盏冷却的眉眼，由此灯到彼灯，你曾跃起、曾跌坠，曾擎起火炬、曾紧搂双臂，终而万籁噤语，仅笼踏的脚步声轻盈回响在空寂的街。

行旅者如斯，你真该服膺夜的魔魅。

我全然难脱夜的迷魂，只在纸页上轻轻留下笔印，一字一句，如德古拉的咬痕。

怀着忧思渴盼行旅至今，有时看着前尘，便不敢亦不愿探问后路。贝克特《等待戈多》最终的一幕便是谁说了句："我们走吧！"但是他们一动也不动。我呢，我已经离得甚远了，远得以为时光追不上了，却发现世界逝得更快了啊。而我的追索又是想重现什么传说呢？我们在人生幸福的重复间不断逼近、不断拟造，而真正的风景从未再现。

时光未曾凝人也从不凌人，它只是轻巧地侧过了人，过了造物洪荒、前世今生，我们还愣怔着什么？

日居月诸，胡迭而微？人生行旅间偶然抬望眼，忽见千阳灿红，万鸦飞过废田。我们还在眺望各自的旷野吗？我们还向迢递的风景寄寓悲喜、化育希望吗？

所有的问号都仅止于自诘自嘲，唯于巴赫科伏修道院获赠的十字架还握在手心，仿佛暖暖生辉，没有宗教信仰的自己却仍悸动不已。想这些献身于神的修士们，远离俗尘，为所有到来者祈福，为远方的战火苦难祈祷。因爱而慈悲，因伤而超然，我有所感悟：除却肉身，我们原来再无居所。贪嗔欲望全是非回收品，仅精神悠淡充于大地。

德古拉伯爵恐怕也是这么想的吧。

那么，圣乔治呢？我站在龙之尾，阖眼感受前方涌来的微风芬馨。我是去了还是没有去，蓦然回看，是一点儿关系也没有了。

此刻，在最后一页，我想洒脱佯狂地这么记下：追寻而不可得。

果真如此，那又如何？德古拉终究替代旅人成了幻影。旧我已然老朽，新的自己也许，也许啊，就在前路上。

大概我是笑了。笑得像要露出尖牙似的。

“我们走吧。”

后记　我的心中住着一个历史学家

2011年春天，我退伍前夕，正开始准备前往东欧，理由就如同故事叙述的那样。

然而很不幸的，退伍前三天我前往参加朋友替我举办的庆祝会时，途中出车祸摔断了右手手骨，最后是躺在医院病床上，从中校手上接过的退伍令。当然旅行也因此延宕，我就是那时完成《中亚传奇——逃出哈萨克》的。后来，东欧终究成行，5月9日那天我在机场，右手腕包裹着护具、背上还背着大背包，时至今日，两年过去了。

在故事最后，我想在你读完本书后才特别说明，我以历史学家作为主轴，是因为这个名字对我、对特兰西瓦尼亚而言都有很独特的意义。

首先当然是因为受到伊丽莎白那本小说《历史学家》的影响。如果你对德古拉生平有兴趣的话，一定要去看看这本书。《历史学家》讲的就是发生在罗马尼亚和保加利亚的故事，我惊艳着伊丽莎白能完美地融合东欧景点和德古拉传奇，在平凡的旅程中，增添很不平凡的要素。

于是我开始忍不住想，类似这样的创作方式，如果再多点儿旅行的成分就更棒了，这就是《暮光玫瑰修道院》的概念雏形，也是我前往东欧旅行的契机，甚至可以说，我从那时候起就开始逐步构思故事的内容了。

另一个意义和我一直以来独自旅行的习惯有关。当我还是个背包新手时，就在中亚走了两个月，为了强迫自己不恐慌，我会持续对自己说一些“没事的”之类的话，或是干脆和自己讲故事，就像某种良性的人格分裂症一样。很久以后我才了解，旅行时连续几十天的独处中，那声音是唯一愿意陪伴我的存在，那声音的主人是很坚强的、是满怀梦想的、能够欣赏古老历史的旅人。

我才知道，我的心中住着一个名字是历史学家的灵魂，而我想为他写个故事。

历史学家的故事就是我自己的故事，或许内容有所出入，却都是由那次的旅行演变而来，许先生、丽塔、曹然，Nicko和Roxy，谢谢他们在旅程中的照顾。

从中亚到南极、从“逃出哈萨克” 到“批踢踢乡民的冒险”，我曾试图摆脱中亚的标签，这不代表我不再迷恋中亚，只是我仍有所期待：究竟之后的故事除了旅行以外还能再追求什么。《暮光玫瑰修道院》是个全然不同的尝试、一种独特的呈现方式，希望能在新的架构、新的人物和旅行中，让我看见更多的可能性。

出过三本书之后，深深体会到写作是忧郁的，追根究底，都是具有极度强烈却非得诉诸于文字的渴望。想说个故事、想发泄某种被压抑的声音，于是历史学家被我投射了更多情绪、继承了我某部分的悲观，但这对于故事整体而言或许是好的。

每次出书我都不厌其烦地说一次：谢谢从中亚开始就听我说故事的老朋友，也谢谢从中亚后才结识的新朋友，是你们让我的人生旅途不寂寞。

以及亲爱的正读着后记的你。

罗的好　2013年于中国台北

后记　弦外之音、物外之旅

自从收到了这个关于“历史学家”的追寻故事后，自己深深为其所吸引，一时恍若角色置换、时空转替，我亦是那个在旅途中困惑、抑郁、自省而终有所领悟的旅者——或者说，在路上的我们何尝不是他呢？本书中我除了捕光猎影外，在罗的好以历史纵深架构的历史学家之茫茫寻索中介入了主人公的内心，以横向的旅人即景即感，揉挚自己的真实经历，揣想了那样一份手稿，一则弦外之音、物外之旅。这样的尝试忒是有趣，我始终认为，独旅的本质其实便是幻游：在真实的旅途中颠仆，又在自我的想象里癫狂，方是一趟完满冶游的旅者心法吧。

着写途中，历经些许人生跌宕起伏，感谢所有撑持我的人事。谢谢你们，在我每一次离开时，你们默默等待、隐隐祝愿，我真正铭感五内。期望我们皆向光里行去，一无所惧。

天寒　2013年于中国台北

图书在版编目（CIP）数据

暮光玫瑰修道院／罗的好，天寒著. —北京：中央广播电视大学出版社，2017. 1

ISBN 978 -7 -304 -08345 -8

Ⅰ. ①暮…　Ⅱ. ①罗… ②天…　Ⅲ. ①游记—作品集—中国—当代　Ⅳ. ①I267. 4

中国版本图书馆 CIP 数据核字（2016）第 304145 号

暮光玫瑰修道院

MUGUANG MEIGUI XIUDAOYUAN

罗的好　天寒　著

出版·发行：中央广播电视大学出版社

电话：营销中心 010 - 66490011　　总编室 010 - 68182524

网址：http：//www. crtvup. com. cn

地址：北京市海淀区西四环中路 45 号　　**邮编**：100039

经销：新华书店北京发行所

策划统筹：郑　毅　　**策划编辑**：赵　铮

责任编辑：李　刚　　**责任印制**：赵连生

印刷：北京市雅迪彩色印刷有限公司

版本：2017 年 1 月第 1 版　　2017 年 1 月第 1 次印刷

开本：170mm × 220mm　　**印张**：15　　**字数**：210 千字

书号：ISBN 978 -7 -304 -08345 -8

定价：36. 00 元

（如有缺页或倒装，本社负责退换）